ひとりぼっちの花娘は
檻の中の竜騎士に恋願う
The Lonely Flower Girl Who Prayed for Love with a Caged Dragon Knight.
待鳥園子
Illustration 八美☆わん
キャラクター原案 安芸緒

contents

第一章　檻《おり》の中の竜騎士

青空広がる晴れた日は、年に一度行われる大祭の時のような騒ぎだった。

先の戦争で、この国ガヴェアへ大損害を与えた戦犯。隣国ヴェリエフェンディの英雄である、有名な竜騎士の一人が捕らえられたのだ。

彼は騎乗していた竜が傷を負い墜落し、その竜の命乞《いのちご》いをして、抵抗することなく捕らえられたのだという。

魔法大国ガヴェアの自慢で街全体が芸術品だと例えられる壮麗《そうれい》な王都にある、大きな広場。そこ中央に、異様な存在感を放つ魔物用の檻《おり》が置かれている。民衆が取り巻く大きな鉄格子の檻の中、まるで見世物の動物のように佇《たたず》んでいるその男こそ、竜騎士リカルド・デュマース。

燃え立つような赤い髪に、茶色の瞳。そして、その大柄な体軀《たいく》と隆々《りゅうりゅう》とした筋肉を持つ美男子であった。とはいえ、敵国であった人間からすれば、脅威《きょうい》でしかなく化け物のように恐れられていた男だ。

罵声《ばせい》を浴びせられ、無数の石を投げつけられたとしても。彼の目の光は衰えることなく、輝きを放っていた。

竜に選ばれし竜騎士のみに着用することを許されている黒い竜騎士服は、檻の中に入っている時から、既に小汚くなってしまっていた。

敵国の英雄を直接目にして怒り狂った民衆に泥も投げつけられ、今ではもう見るも無惨《むざん》な姿になってしまっていた。

それでも。

貧しい花売りの娘は、一目見て彼に恋をしてしまったのだった。


スイレンという珍しい名前は異国の花が由来なのだと、亡くなった両親は言った。

母親もスイレンと同じようにガヴェアの王都で瑞々《みずみず》しい生花を籠に入れて売り歩く花娘たちの一人だったので、周囲の子どもたちに比べ変わっている名前の理由も大人になるにつれ納得することができた。

魔法大国ガヴェアは、魔法の資質ですべてを問われる国だ。

幼い頃に両親を亡くし、自分一人だけになってしまって、せめて母親の得意な花魔法の資質を受け継いだのは彼女にとって良かったことなのだと思う。

「スイレン。おはよう。今朝は、この赤い花と白い花をおくれ」

食堂で飾る花を毎朝買ってくれる宿屋の女将《おかみ》さんは、生花を売り歩くスイレンの常連だ。毎日、大きな花籠を持ったスイレンがこの通りを通る頃に、店の前で待っていてお釣りの心配がないよう、丁度のお金を用意していて渡してくれる。

ある事情があって王都名物の花娘の一人なのに、満足に着飾ることもできないスイレンのことを心配してくれて、とても親切な人なのだ。スイレンは慌てて籠の中の花を数えてから、仕上げに少しでも長持ちするように状態維持の生活魔法をかけて手渡した。

「おはようございます。女将さん。いつも、ありがとう」

スイレンは首を傾《かし》げて、精いっぱいの笑顔を浮かべた。厳しい状況下に置かれた彼女にとっては、この女将さんのように大事に優しくしてくれる人は貴重で、だからこそなんの心配も要らないと笑った顔を見せていたかった。

「スイレンの売る花は、長持ちするからね。店の中は、もう花だらけで華やかだよ。今日も頑張りな」

スイレンは赤と白の小さな花束を持った女将さんに手を振って別れると、花の入った大きな籠の底にある、小袋で種類別にしている花の種を覗《のぞ》き込んだ。

（今はまだ……花を追加しなければいけないこともないとは、思うけど。今日は、何故《なぜ》か街には人出が多いみたいだし。一輪でも多く、花が売れるといいな）

人が多ければ、咲きたての生花を目に留めて買ってくれる人も多いだろう。そんなことを思いながら、スイレンは王都中央にある広場へと向かって歩いた。

普段は閑散《かんさん》としているはずの広場には、何故か大勢の人が集まっているようだ。そこかしこから怒鳴るような大きな声もしていて、年に一度だけある大祭時ほどの熱気も感じられた。

（何か、あったのかしら。お祭りの季節は、もう過ぎているはずだけど）

大祭は数か月前に行われたばかりだと、スイレンは不思議に思いながらも人通りの多い大通りを、ゆっくりと歩を進めた。

やがて、広場の中央に置かれたとんでもないものが見えてきて、スイレンはようやくその存在に気がついた。

街全体が芸術品とまで言われる壮麗なガヴェアの王都の景色には、全く似つかわしくない。禍々《まがまが》しいとも言える、大きな鉄格子の檻。

「先の戦争での、一番の戦犯だ！　竜騎士リカルド・デュマースを捕らえた！　能力封じの腕輪をつけているため、この男は今何もできぬ。ここに集まる多くの民衆たちよ。その怒りを、この男に存分にぶつけるがいい」

スイレンが驚きながら広場へと入ると辺りに響き渡る朗々とした声が響いて、周囲に集まっている民衆たちが大きな声で吠《ほ》えた。まるで、獲物を見つけた肉食獣のように。

竜騎士といえば、隣国ヴェリエフェンディの守護竜イクエイアスの眷属《けんぞく》の竜を駆る、周辺国では最強と謳《うた》われる竜騎士団に属する男たちだ。

何故、その中の一人が捕まってしまったのだろうか。

「あの男。騎乗していた竜が大怪我《けが》をして墜落して、その竜の命乞いをして大人しく捕らえられたらしいぞ」

「ははは。バカな男だな。竜とて所詮は獣。命を救われたという、感謝の気持ちもわからぬだろうに」

ぼそぼそとした嘲笑《ちようしよう》を含んだ囁《ささや》き声が、周囲から漏れ聞こえてきた。

スイレンは周りを背の高い男の人たちに囲まれてしまい、慌ててその場から抜け出そうとするものの、上手《うま》くはいかなかった。

売り物の大事な花が入った籠を押し潰されないように、彼らの動きに付いていくしかなかった。

ぎゅうぎゅうに押し潰されてしまいそうなほどに密集した多くの人々の中、やっとのことであまり混んでいない隙間へと辿《たど》り着く。

視界が開けたその場所から、檻の中にいる彼の姿が見えたのだ。

(なんて……強くて、綺麗《きれい》な目をした人だろう)

スイレンが最初、彼を見た時の印象はそうだった。

大型の魔物用なのだろうか。太い鉄格子が周囲を囲む柵の中。

彼はただ一人で石や泥をぶつけられていても、少しも怯《ひる》むことなく、ただ前だけを見つめている。

その目がとても綺麗で、思わずスイレンの胸は高鳴ってしまった。

戦犯と、憎まれてそうして呼ばれるほどだ。

きっと、この国の人を何人も何十人も殺したのかもしれない。

けれど、スイレンの目には、竜騎士リカルドこそが理不尽な酷《ひど》い目に遭っている不遇の英雄に映ってしまったのだ。

王都の中では、攻撃魔法を使用することは禁じられているため、集まった民衆たちはなんの抵抗もできぬ彼に、地面にあった石や泥団子を投げることで憂さ晴らしをしているようだ。

そして、きっと彼はこの先楽には死ねないだろう。

意に添わぬ敗戦に鬱屈《うっくつ》していた民衆の憂さ晴らしをこの広場の檻の中でさせて、決して逃れられぬという絶望を味わう。敵対している隣国の情報を彼から得ても得られなくても、いずれ思いつく限りの残酷な方法で殺されるだろう。

集まった人々が口々に嘲《あざけ》りの入り交じった噂《うわさ》話を話すのを耳にしながら、スイレンは絶対に嫌だとそう思った。

檻の中に一人佇む彼は、不思議な人だった。

こうして、一分の隙もなく敵国の人間に取り囲まれているというのに。

虚勢《きょせい》を張るわけでも、ましてや怯《おび》えている様子など全く見せない。諦めの表情とは決して違う。ただ毅然《きぜん》として、前を見つめている。

リカルドの茶色い目に今映っているものが、なんであれ。自分も彼の美しく輝く目に映ってみたいと、スイレンはそう強く思ったのだ。

◆

「今日の売り上げは、たったこれだけなのかい!?　本当に、なんの役にも立たない女だね」

スイレンの叔母《おば》にあたるマーサは、花の種を購入するための僅かな額を差し引いた売上金をスイレンの手から奪い取ると、いつものように見下げるようにして彼女を睨《ね》めつけた。

彼女の顔に浮かんでいる嘲るような表情を見て、スイレンはいつも悲しくなってしまう。

一日中くたくたになるまで王都を歩き回り、十分な額を売り上げているはずだというのに、マーサの言葉は疲労している姪《めい》に対し、まるで容赦などなかった。

両親を亡くしたスイレンを引き取り、ここまで育ててくれたのは紛れもなく叔母である彼女だ。だが彼女が姪に施《ほどこ》した育て方は、真っ当であったとはとても言えなかった。

幼くして両親の死に落ち込み泣き通しやつれていた、一〇歳になったばかりのスイレンを、姉と同じく珍しい花魔法が使えるからと花娘として無理矢理働きに出し、売り上げのほとんどを取り立てた。

そして、住まわせる場所は、みすぼらしい裏小屋だ。王都の名物とも言われる華やかな職業の花娘だというのに、これ以上見栄えが悪いと花が売れないかもしれないと、服と靴だけは仕方なく古着屋で買ってくれた。

だが、それ以外は全く世話などされることなく、ほぼ放置だった。

スイレンは売上金を手渡し不条理に責めるマーサにいつもの通りになんの口答えもすることなく、項垂《うなだ》れながら黙ったままで自分が住まう裏小屋へと入った。

一切れのパンと、硬いチーズ。それと、井戸から汲《く》んだばかりの冷たい水。それが、彼女の夕食だった。

スイレンは今の年齢になるまでに、叔母の家を出ていこうかと考えたことは数え切れないほどにあった。けれど、ガヴェアでは信用ある後見人がいなければ、部屋を借りることができない。考えもなしに出ていけば、住む場所もままならないことになる。

唯一、スイレンが自在に扱うことのできる花魔法も、適性の関係で使用できる人数が少なく魔法大国と呼ばれるガヴェアでも珍しい魔法だが、お金になるとは言い難い。

たとえ寒風が吹き込む狭い小屋だって、屋根がないよりはマシだと、そう自分に言い聞かせて、これまでここで生きてきた。

これからも、きっとそうだろう。

小屋に敷かれた藁《わら》の上に古びた毛布を被って、スイレンは少しでも身体が温かくなるように丸くなった。

（あの人も……こんな風に、寒い思いをしているかもしれない。明日の早朝。誰もいない時にならら、彼に話しかけられるかもしれない。花の種の在庫は、十分にあるから。明日の朝は、種を仕入れに市場に行かなくてもいい日だし……彼に会いに広場に、行ってみよう）

目を閉じて眼裏に浮かぶのは、囚《とら》われの竜騎士の強い光を秘めた茶色の目だった。

あの目に自分を映すことができるのだとしたら、それはなんて幸せなことなのだろう。

⚜

朝起きてから、その日に会いたい人がいるというのは幸せなことなのだと、スイレンは珍しくすっきりとした気分でそう思った。

井戸の冷たい水を汲み上げて顔を洗い、小屋で古びている柔らかな布で体を拭いた。いつもより、入念《にゅうねん》に。あの竜騎士の前で少しでも綺麗な自分でいたいと、自然に思ったから。

花の種から生花を咲かせるのは、そう魔力は使わない。ただ、慎重にせねば失敗してしまうために時間はかかってしまう。

どうしても急《せ》いてしまう気持ちを抑えながら、花を咲かせていつも通りの本数を揃《そろ》えた。そして、大きな籠に順序よく入れると小屋を出て心を浮き立たせながら目的の広場へと急いだ。

あの竜騎士にとっては、ここは敵地だ。心を許せるものなど、何ひとつないだろう。けれど、ほんの少しだけでもいい。彼の目に映ることが、できたなら。

どれだけ、嬉《うれ》しく思ってしまうのか、スイレンは自分にも想像できなかった。

早足で大通りを進むスイレンの心の中には、ただただ彼に会いたいと浮き立つような気持ちだけが溢《あふ》れていた。

スイレンの目には、やがて王都には似つかわしくない、異様な威圧感《いあつかん》を放つ大きな金属製の檻が映った。

昨日からこの場所で捕らえられているリカルドはもちろん、今も檻の中にいた。中央付近にある椅子に腰を下ろし、どこか遠い目をしたままで前方を見つめている。

多くの民衆から、多数の石をぶつけられたせいか。リカルドは、肌が剝《む》き出しになっている顔や手に、いくつかの小さな怪我をしていた。スイレンはもう既に赤黒くなって固まってしまっている垂れた血を拭って、治療してあげたいと思った。

太い鉄格子に阻まれて、それは叶《かな》わないことだけれど。

「あのっ……おはようございます」

スイレンはしんとした静かな朝の薄闇の中、勇気を出してリカルドに話しかけた。

途中で声をかけられたことに気がついて、こちらに顔を向けたリカルドの強い視線を感じて、スイレンの声はどうしても震えてしまった。

彼にじっと、自分を見つめられている。それを思うと、スイレンの心には溢れるような喜びが湧いた。両親が亡くなってしまってから、これほどまでに嬉しかったことはないと思ってしまうほどに。

リカルドはただスイレンを見つめているだけで、何も言わなかった。なんの感情も見えない無表情の中で、少しだけ、そう少しだけ、表情が動いたような気がした。

(何か……言いたそうに見えた？　ううん。私の勘違いかな……)

きっと、自分が良いように解釈したいだけだと、スイレンは頭を小さく振った。

こちらをじっと見つめているだけのリカルドを少しだけ驚かせてみようかと、スイレンは悪戯《いたずら》心が湧いた。檻の中央に置かれた椅子に座る彼の目の前に、魔法の花を一輪咲かせた。

花の元となる種から咲かせる生花ではなく、こうして無の空間に生み出した魔法の花は、時間が経《た》つとなんの跡形もなく消えてしまう。

リカルドは空中に落ちることもなく浮いている花を見て、驚いたようにして目を見張る。

そして、視線を戻して檻の外にいるスイレンのことを見た。

彼が反応してくれたという嬉しさに、スイレンは調子に乗り、いくつかの花を彼の周囲の空間に咲かせた。

リカルドは重力に逆らいふわふわと宙に浮かぶ花を、信じられないというような表情で、じっと見ていた。

丁度その時に、いくつかの荒々しい足音がこちらにやってくるのを耳にしたスイレンは、自分はここにいるのは良くないとはっとしてから身を翻《ひるがえ》した。

(私を、見てくれた！　嬉しい！)

慌ててその場を離れようと走った勢いで、舞った花びらがひらひらと道に落ちて、いくつかの花がダメになってしまった。そんなことなど全く気にならないほどに、スイレンは彼に恋をしてしまった。

その日の仕事が終わり、また叔母のマーサに役立たずと罵られ、狭くて暗い小屋に入って一人でも、スイレンの心は彼に会えた嬉しさで浮き立っていた。

（ほとんど、無表情だったのに……すごく、驚いていた）

隣国ヴェリエフェンディでは、新しい技術が隆盛《りゅうせい》し古い魔法の使い手は少なく、敢《あ》えて残そうとすることもないので、魔法はどんどん衰退していってしまっているらしい。

花魔法は、それだけではお金を稼げるほどではない。けれど、魔法大国と呼ばれているガヴェアでも使える人が少ない。きっと、あんなに驚いていたリカルドはスイレンが生み出した魔法の花を初めて見たんだろう。

「明日も、会いたいな……」

薄い毛布に包《くる》まり寒さにかじかむ手を揉《も》み込みながら、スイレンは願った。

あの人は敵国の英雄で、竜騎士で。そして、そう遠くはない未来にいずれ死んでしまう運命にあるという、悲劇的なことなどもう思い浮かばなかった。

ただただ、あの人にまた会いたい。できるなら、声も聞いてみたい。

それだけが、スイレンの心を占めていた。

それから三日間ほど、どうしてもタイミングが合わずにスイレンはリカルドに近づくことは叶わなかった。

彼を見張るために配置されている衛兵がその檻の前にいて何かを伝えていたり、また他に人目があったり、朝の市場での仕入れをしていたら時間に遅れて、既に人が集まり出したりと全く話す機会がなかった。

夜遅くにぽつりと雨の音がしたその日、明日こそは話しかけるとスイレンは決意を固めた。夜半《やはん》過ぎに大雨になった明くる朝、土砂《どしゃ》降《ぶ》りの大雨はまだ降り続いていた。今日は、花売りの仕事は難しいだろう。雨が降ってしまうと、外を歩く人が目に見えて減ってしまうからだ。

外出の支度を終えたスイレンは、あまり得意ではない生活魔法で空気の傘を作り出すと、急いで広場までの道を走り出した。いつもは花売りの仕事のために持っている、花が入った大きな籠がないと走りやすかった。

広場にある、大きな檻の中。

身嗜《みだしな》みを整えることもできずに無精《ぶしょう》髭《ひげ》が生えてきているリカルドは、この前に見た時のように中央にある椅子に座ったままで眠っていた。檻の中にはもちろん、寛《くつろ》ぐようなベッドなどは用意されていない。

スイレンは眠るリカルドの様子を見て、吹きすさぶ風に吹かれた雨に濡《ぬ》れてしまっている彼の服を乾かすための魔法をそっとかけた。

苦手な浄化魔法も声に出さずに心の中で必死に唱えてはみるものの、彼の服にある汚れが尋常ではないせいか、思ったように効かない。

人の気配に気がついたのか、座ったままで眠っていたリカルドは目を開けた。そして鉄格子の隙間から檻の中の自分に浄化魔法を与えるために必死で手を伸ばすスイレンを見て、驚きで目を見張った。

リカルドは無言のまま静かに立ち上がり、彼が起きるとは思わずに驚き固まるスイレンの目の前に来てから、ゆるく首を横に振った。それが何を意味するのか、スイレンは考えたくなかった。

少しでも、彼の役に立ちたい。それこそが、スイレンがしたい唯一のことだったから。

これまでの辛《つら》い生活の中、やっと自分の心に灯《とも》った小さな火をどうしても消したくなくて、スイレンは彼自身に拒否されてしまったらどうしようと泣きそうになった。

「あの。私、あなたの服を浄化したくて……余計なことをしてしまって、ごめんなさい……」

小さな肩を縮こまらせて、しゅんとした俯《うつむ》いたスイレンは伸ばしたままだった片手を下げた。リカルドは無表情ながらも、彼の強い意志を示すようにもう一度首を振った。

余計なことをしてしまって、嫌われたかもしれない。スイレンは、いよいよ泣きたくなった。

檻の外にいる自分に近づいてきたリカルドは、吹きすさぶ横殴りの雨に濡れてしまいそうになっている。

スイレンはそのことに気がついて、慌てて自分の上にある空気の傘をリカルドの頭上へと移動させた。

生活魔法が苦手なスイレンには傘を一つしか生み出すことができないので、自身の身体《からだ》は土砂降りの雨にすっかり濡れそぼってしまった。そのことに気がつき驚いた顔をしたリカルドは、もう一度スイレンを見つめて首を振った。

「あんまり……この魔法は上手《じょうず》じゃないんです……その傘、すぐに消えてしまうので、早く中央に移動してくださいね」

自分は冷たい雨に打たれながらも笑ったスイレンは、リカルドの困った顔をして首を振る姿をもう見たくなかった。身を翻して、いつもは歩いて花を売っている通りを走った。

バシャバシャと大きな音を立てて、足元で冷たい水がはねる。それでも、あの人と少しでもこうして会えたことがどうしようもなく嬉しくて、スイレンは走りながらも微笑《ほほえ》んでしまった。

間近で見るとリカルドは睫毛《まつげ》が長くて彫りが深く、遠目で見て想像していたよりも、とても綺麗な顔をしていた。無表情ではあったが、戸惑い動揺するかのように茶色い目が揺れていた。

きっと彼はこんな自分のことなど、すぐに忘れてしまうのかもしれない。

でも、少しの間だけでも会うことができたのなら良かった。

彼の心を和ませることができたのなら、もう何も要らないと思ってしまうほどに。


しんとしたまだ薄暗い早朝の冷たい空気の中、スイレンはやはり檻がある広場へと急いでいた。

聞こえてくる街の噂話に耳を澄ませれば、リカルドはこの国に来て舌を嚙《か》み切って自殺することも衛兵の命令に逆らうことも許されない特殊な魔法がかけられているらしい。だから、食事を絶って自らを死に追いやることもできないと聞いた。

それは、的外れな心配なのかもしれない。敵地にいる彼が命を繫《つな》ぐために無理矢理にだとしても、きちんとした三食の食事は取っているのだと思うと、スイレンは安心してほっと息をついた。

檻の中のリカルドは、スイレンが来るようになった最初の頃こそ、少しだけ周囲を警戒していたようだった。

あまり話すことが上手いとは言えないスイレンは、前の日あったことや深刻に聞こえない程度の自分の身の上話などを勝手に話した。そうして挨拶をして勝手に帰っていくスイレンのことは、リカルドはもう気にしないことに決めてしまったらしい。

そんなリカルドにここに来ることを嫌がられていないと思えば、スイレンの心はどうしても彼に会いたいという気持ちを抑えられなかった。

身体を洗うことも許されていない彼に苦手な浄化魔法をかけようと懸命に自分へと手を伸ばすスイレンを見かねてか、リカルド自身が手に触れない程度の距離に近づいてきてくれたりもする。

スイレンがかける浄化魔法では、汚れ切ってしまった黒い騎士服を綺麗にすることはできない。だが、下着だけでも清潔にすることはできているだろうか。それは自分には確かめることはできないけどと思ってから、スイレンは何を考えているのだと赤面した。

彼と会うことが日常になってきたある日、スイレンは思いつきで勇気を出して歌を歌った。ガヴェア王都名物である花娘たちは、年に一度の大祭の時に歌を歌いながら生花を売る。その時に、歌っている歌のひとつだ。

リカルドはスイレンの歌に耳を澄ませるように目を閉じて、歌い終わると音を立てない拍手をしてくれた。

スイレンの歌が、届いてしまったのか。「誰だ!?」という近くにいたらしい衛兵の誰何《すいか》の声が聞こえ、スイレンは慌ててまた走って逃げた。

◆

その日の仕事終わり、帰宅したスイレンはいつものように、叔母のマーサに売り上げを渡すために母屋の戸を叩《たた》いた。

扉を開いたマーサは、何故か上機嫌でにやにやと帰ってきたばかりのスイレンを見た。彼女の意図が読めずに、訳もわからずに眉を寄せてしまう。これまでの経験からマーサがこうして上機嫌な時は、スイレンにとって悪い知らせがある時が多いからだ。

そして、その予感は的中することになる。

「スイレン。やっと、帰ってきたのかい。お前に、良い縁談が纏《まと》まったんだよ。王都にある酒屋の大旦那から、お前を後妻にしたいという申し入れがあった。明日には向こうの店へ行儀見習いに入ってもらうから、今夜は用意をしておくんだよ」

スイレンは、思ってもみなかったマーサの通告に驚き、ひゅっと喉を鳴らした。いつかは厄介払いにどこだかに嫁がされると、これまでに散々聞かされてきた。

（まさか。こんな時に、縁談が纏まってしまうなんて）

たとえお金もなく貧しくても、ガヴェア王都で名物の花娘であったという経歴は、どこかに嫁入りするにはとても有利だ。

マーサの上機嫌な様子からして、スイレンの嫁入りの条件で先方からかなりのお金を積まれたのではないだろうか。

「あのっ……その店の場所は、場所はどこですか」

そして、無情にも告げられた場所は、同じ王都にあるとはいえ、この家からは反対側に位置している。

その店から徒歩で来ることを考えるのなら、行儀見習いになるスイレンが、人がいない早朝にリカルドに会うことは、もうできまい。

マーサに明日出立の時に着る服を乱暴に渡されて、それを手に小屋に戻ったスイレンは静かに泣いた。

もう、あの強い瞳を持つ竜騎士には会うことはできない。

リカルドとは思いが通じ合った恋人でも、なんでもない。けれど、会えることが生活の中になくてはならないほどに、彼をすっかり好きになっていてしまっている自分に気がついた。

檻の中のあの人に攫《さら》ってほしいなんて、大それた願いだけが心の中に浮かんできて、必死で儚《はかな》い希望を打ち消しながらも、眠れない夜を過ごした。

檻の中のリカルドはもう目覚めていて、いつも通り強い光を秘めた目でスイレンを見つめた。彼の綺麗な茶色の目に自分が映るのはもうこれで最後だと、そう思った。

昨夜流し過ぎて枯れてしまったと思っていた涙が、また目の端から思わず流れ出しそうになって、必死に堪《こら》えた。

「あのっ……私、もうここには来られなくなっちゃうんです……急に、縁談が纏まって……その家からは、この広場までかなりの距離があるので。私は、もうここには来られないことになりました」

リカルドは表情を変えることなく、スイレンの言葉を聞いていた。それは、当然だ。彼はスイレンに会いたいという理由で、ここにいる訳ではない。

自力では逃れられない檻の中、どうしようもなく檻の中に留《とど》まっているに過ぎない。それを改めて感じて、スイレンはどうしようもなく切なくなり肩を落とした。

きっと彼はスイレンが来ても来なくても、なんとも思わないんだろう。少しでも寂しいと思ってくれたらと願う気持ちがどうしても、消せない。

遠くから、高く響く獣の鳴き声が聞こえた。その瞬間、リカルドは唐突に立ち上がり、スイレンの目の前に近づき、屈《かが》んで目の高さを合わせると耳触りのいい低くて掠《かす》れた声で言った。

「……名前は」

スイレンは驚いて、リカルドの顔を見た。まさか今まで沈黙を貫いていた彼が自分に向かってこうして声を出すなんて、かけらも思っていなかったからだ。

スイレンが彼に会いに通ってきている二週間の間、リカルドは一度として声を出さなかった。もう一度繰り返すように質問を繰り返した彼の声に、我に返りスイレンは答える。

「スイレン・アスターです。竜騎士さま」

リカルドはスイレンの答えを聞いて、口の中でその名前を繰り返すと大きく頷《うな》いた。

そして、遠くの空に視線を移し、目を細めて呟《つぶや》いた。

「ここは、危険だ。早く逃げた方がいい」

（……危険？）

スイレンは、彼の言葉に思わず首を傾げた。堅固な魔法障壁で守られた王都の中にあるというのに、危険などは考えられなかったからだ。

突如《とつじょ》。王都全体に、警戒音が響き渡る。先の激しい大戦時にも、この王都にまで敵勢は攻めてこなかった。

王都で生まれ育ったスイレンも、警戒音を聞くことはこれが初めてだ。衛兵たちが異変を察して、広場へと集まってくる。

彼の言う通りに何かが起こっていることを察して、スイレンは彼が視線を向けている方向を追うように見上げた。

薄闇に浮かび上がる何騎《なんき》もの、竜の群れ。

無敵の竜騎士団が堅固な守備を誇るガヴェアの王都にまで、たった一人囚われた仲間を救いにやってきたのだ。

「走れ！」

リカルドの大きな声で我に返ったスイレンは、いつもの大通りに向けて慌てて走り出した。背後から、大型の攻撃魔法の耳をつんざくような激しい音が幾度も聞こえてくる。

数え切れないほどたくさんの竜の群れを、迎撃《げいげき》しているのだ。

どんどんと、腹に響く重い音がした。

もし、この中で、リカルドがどうにかなってしまったらと思うと、スイレンは足が動かなくなった。遠くに向かって走ることもできずに、立ち尽くした。かといって、国を守る衛兵が集まり出した広場にも、もう戻ることもできない。

スイレンは意を決して、近くにあった長い階段を上り切ると近くの高台に出た。

竜騎士たちが救いに来たリカルドが囚われた広場の様子を、その場所から見下ろし様子を見ることにした。

上空から一頭の深紅《しんく》の竜が真っ直《す》ぐに彼のいる檻の近くに降り立つと、激しい威嚇《いかく》音を出しながら、近くにいた何人もの衛兵たちを凶暴《きょうぼう》な口から噴き出す火炎で薙《な》ぎ払う。

深紅の竜が、リカルドが入っている檻の鉄格子を器用に前足で摑《つか》むと、驚くほど簡単に太い鉄の棒がたわんだ。

鉄格子の隙間からサッと檻を出たリカルドは、労《いたわ》るように赤竜の頬に手を当てると、数秒かからないうちにその竜に騎乗した。竜は特に準備動作することなく、大きな羽根を広げ、空へと向かって飛び立った。

(彼が、行ってしまう！)

強い焦燥を咄嗟《とっさ》に感じたスイレンは、せめてもと思い自分の魔力を全部使って数え切れないほどの魔法の花を飛び立っていくリカルドの周辺に咲かせた。

リカルドの驚く顔がこちらを見て、それに気がついたスイレンは精いっぱいの笑顔で微笑んだ。せめて、去ってしまうあの人の思い出にある自分は笑顔で残りたかった。

空でリカルドを待っていた竜騎士たちは、彼と一緒に攻撃魔法の届かない高さへと上昇していく。スイレンは、自然と涙が頬にこぼれてきたのを感じた。

（もうこれで二度と会うことも、ない）

儚い恋の終わりを悟りスイレンは袖で涙を拭うと、自らの決められた運命へと戻るために心の準備をする。

あの人が、この国から逃げ出してどこかで生きている。そう思えば、これからの辛いこともきっと乗り越えていけるような気がするのだ。

深呼吸をして、もう一度空を見上げたスイレンに信じられないことが起きた。

上空から一匹の竜が、信じられない速さで直滑降《ちょっかっこう》でやってくるのだ。そして、気がついた時には太い腕に抱かれ、既に高い空の上にいた。

この身に起きたことといえど、どうにも頭には理解が追いつかなくて、眼下《がんか》でどんどん小さくなっていく王都をスイレンは何も言わずに見つめた。

自分の決められていた運命が音を立てて変わっていくのを、喋《しゃべ》ることもままならぬほどの強い風に吹かれながら、感じていた。

第二章　新しい運命

ある程度の距離を飛び、ガヴェアの王都から離れたと思われる頃。

スイレンを抱いたままのリカルドを乗せた赤い竜は、徐々に高度を落とし始めた。同じように空に数多《あまた》飛ぶ竜たちも、示し合わせたように高度を落としていく。

「リカルド。可愛《かわい》いお土産を、持って帰るんだな。こっちは決死の覚悟で、敵国王都にまでお前を救出に行ったっていうのに。お前。囚われてから、一体何をしていたんだよ」

呆《あき》れたような声が、すぐ近くから聞こえた。今いる状況が理解できないままで呆然《ぼうぜん》としていたスイレンは、後ろ向きにリカルドに抱かれたままで、彼の逞《たくま》しい腕の中で何事かと身動ぎをした。

声の方向に目を向けると、深い青の竜を駆る茶色の髪の男性が、二人を微笑みながら見つめていた。

いかにも好青年といった風情《ふぜい》の、とても顔が整った男性だ。

(すごく、女性にモテそう。きっと女泣かせだろうな)

茶髪の竜騎士を初めて見たスイレンは、そう感じた。

「……ワーウィックの怪我は、どうなんだ。ブレンダン」

低くて響きのいい声で、リカルドは茶色の髪の青年に言った。

彼が口にしたワーウィックという名前は、もしかしたら二人が乗っている赤竜のことだろうか。リカルドは騎乗していた竜が大怪我をして墜落《ついらく》し、竜の命乞いをしてガヴェアに大人しく捕まることになったのだと聞いた。

スイレンはそっと、目を向けて乗っている竜の体を検分した。規則正しく揃っている、滑らかで美しい赤い鱗《うろこ》。

飛行している竜に、そんな大きな傷があるようにはとても思えないが。

「王の命令だよ。ワーウィックに、魔法の秘薬を使った。イクエイアスが嘆願《たんがん》したんだ。お前を救出するために、数え切れぬほどの人間がどれだけ骨を折ったと思っている。敵国に囚われているはずのお前は、可愛い女の子とその間いちゃついていたかと思うと、本当に嫌になるよ」

揶揄《からか》うようなブレンダンの言葉に、共に空を飛んでいる他の竜騎士たちから一斉《いっせい》に楽しそうな笑い声が上がる。

もしかしたら、自分のせいでリカルドを良くない立場に追いやってしまったのではないかと思ったスイレンは、気が気ではなかった。

スイレンは勇気を出して、リカルドを揶揄っているような様子の竜騎士ブレンダンに言った。

「あのっ……違います。竜騎士さまは何も……していません。私が勝手に近づいて、私が勝手に……そのっ……」

彼をお慕いしていただけだと、そう言ってしまって良いものかとスイレンは迷った。

リカルドはぐっと腕に力を込めて、スイレンを自分の前へと座らせると腕で囲むように彼女の前にあった革の手綱《たづな》を握った。

「ブレンダンは、同期の俺をただ揶揄っているだけだ。君は何も言わなくて、いい……ブレンダン。この腕輪は、外せないのか。俺は今、能力封じの腕輪を嵌《は》められている」

「だから、こんなにもたもたとした速度でずっと飛んでいたんだな。いいよ。僕の予備の魔道具《まどうぐ》持ってきているから。お前と彼女の分も、ほら」

飛んでいる竜を接触寸前まで器用に近づけると、ブレンダンはリカルドに腕輪を投げて渡した。リカルドは迷うことなくその腕輪を素早く身につけると、彼ら二人の会話の意味を理解できずに戸惑っているスイレンの腕に腕輪を通しながら、背後から耳に囁いた。

「……心配しなくても、大丈夫だ。君の身体は今のままでは、竜が本気で飛ぶ速度に耐えられない。この腕輪は、身体を強化するための魔道具《まどうぐ》だ」

魔道具。それは魔法の効果を、そのままに封じている道具のことだ。どんなに小さな魔法だとしても、平民には目が飛び出るような高い金額がするものだ。

それをこともなげに竜に乗って飛びながら投げて渡すブレンダンにも驚くが、よくわからない立ち位置の自分に、そんな貴重なものを使ってしまって大丈夫なのだろうか。

リカルドは戸惑い黙ったままのスイレンの腕に腕輪を通すと、騎乗している赤い竜ワーウィックに言った。

「行くぞ。ワーウィック。ヴェリエフェンディの王都まで、最速で飛ばせ」

彼の言葉が終わらないうちに、ぐんっと後ろに引っ張られるような力を感じてスイレンはリカルドの胸に頭をぶつけた。

周囲の景色が、色だけを残して溶けていく。それは決して比喩ではなく、初めて見る不思議な光景に驚き、スイレンは目を瞬いた。

「大丈夫だよ。すぐに着く」

言葉も出ないほどに衝撃を受けた様子のスイレンに、リカルドの笑いを含んだ彼の低い声が耳元でしてスイレンは小さく頷いた。

◆

抱き上げられて、大きな赤い竜の背から降り立った時、スイレンは足が震えて立てなくなっていた。

慌てて支えようとリカルドが手を伸ばした時に、後ろから声をかけられた。

「よお、リカルド。おかえり。そのお嬢さんは？」

リカルドの帰還を今か今かと待ち受けていたように、その場所に立っていた銀髪の男性が、興味津々《きょうみしんしん》の眼差しでこちらを見ていた。

「団長」

リカルドは先ほど自分に向けられた質問には答えずに、ただ彼の名を呼んだ。

「いや。聞かなくても、なんとなくはわかるが……お前は檻の中にいたと、聞いたが？　そんな状態で女の子を捕まえるって、どんな魔法を使ったんだ」

「もういいですか？　彼女は、高速飛行に慣れていない。今立てない状態なので」

リカルドは団長と呼ばれた上司と思《おぼ》しき男性にも、特にへりくだることもなく素っ気なく答えた。スイレンは二人のやりとりを見ながら、なんだか不安になってしまった。自分がこうしてこの場所にいるからという理由で、彼のことを煩わせたくなんてなかった。

「悪い。無粋だったな……俺の用件は、後でブレンダンを家まで行かせる」

団長と呼ばれた人は頑《かたく》なな様子を見せるリカルドに苦笑して、軽く手を振った。

リカルドは何も言わずスイレンを横抱きにすると、他の竜騎士たちに揶揄われるのも聞かず巨大な竜舎の近くにあった、一つの大きな家を目指して歩いた。

「……とにかく、一度風呂に入りたい。すまないが、ここで少しだけ待っていてくれ」

横抱きにしていたスイレンを大きなソファの上に優しく下ろして、彼女の返事を待たずにリカルドは背を向けてそのまま湯を浴びに行ってしまった。

一人になったスイレンは自然に、ドキドキと胸が高鳴るのを感じた。ここはどう考えても彼の国、最強の竜騎士団を擁するヴェリエフェンディで、リカルドが住んでいる家だろう。手持無沙汰《てもちぶさた》できょろきょろとその部屋の中を見回せば、白と青を基調とした色合いの品の良い家具で揃えられている。

そして、彼を待っている間に、スイレンはどうしても不安になってしまった。

これから、自分はどうなってしまうのだろうか。リカルドは何をどう考えて、自分をここにまで連れてきたのだろう。

敵国に捕らえられ檻の中に入れられていた彼の心を、少しでも自分が慰めることができたらとは思ってはいた。けれど、今こうしてここにいるように、彼の国に連れ去ってもらうことを望んでいた訳ではない。

「悪い。どうしても、風呂に入りたくて我慢ができなかった……君の希望も、何も聞かずに。いきなり、この国に連れてこられてさぞ驚いただろうな」

広い部屋の中に残され一人で戸惑っていた様子のスイレンを、見て取ったのか。扉があった背後から少し笑いを含んだ低い声がして、スイレンはリカルドが戻ってきたことを知った。

つい先ほどまで伸び放題だった無精髭も綺麗に剃《そ》られ、こざっぱりとした白いシャツを身につけている。ほんの数時間前まで、敵国で捕らえられていた人と思えぬほどの美丈夫だ。

身綺麗にした彼の姿を見ただけで胸を高鳴らせて恥じらい、顔を俯かせてしまうスイレンに、リカルドは斜め前にあるソファに腰かけ優しく微笑んだ。

「……ガヴェアに捕らえられ、囚われていた俺に勇気を出して話しかけてくれてありがとう。二週間もの、あの間。早朝に現れてくれる君だけが、檻の中での癒しだった。最初は俺を探るためのスパイかもしれないとは思っていた。君の懸命な言葉に……俺は救われたよ。君が両親もいないという話は、聞いていたから。後で迎えに来ようと思って、名前を聞いたんだが。あの花には、驚いたな。もしかしたら、あれをした君も捕らえられるかもしれないから、我慢ができずに何も聞かずにこうして連れてきてしまった……あの国に、帰りたいか？」

リカルドから真摯《しんし》な視線を向けられ、甘くも聞こえる彼の低い声に聞き惚《ほ》れていたスイレンは、問われた言葉の意味を一拍置いてから理解すると、慌ててぶんぶんと首を横に振った。

昨夜、リカルドにどこかに攫ってほしいと願っていたことが、実際にこうして叶ってしまったのだ。

それは、スイレンにとっては願ってもなかったことで。

「そうか……良かった。じゃあ、これからは俺と一緒に暮らそう。俺は一応貴族だし、自分自身でも、それなりに稼いでいる。だから、君一人を養うことは、なんてことはない。死の間際、絶望の中にあった俺の心を慰めてくれた君に。お礼代わりと言ってはなんだが、これから先は決して不自由はさせない」

律儀《りちぎ》で真面目なリカルドの提案は、彼に好意を持っているスイレンにとっては考えたこともないことだった。それでも、そんなつもりでした訳ではないのにと思ってしまう。

自分の得になるからとか、彼から何かお礼が欲しいからと、人目を忍んで早朝リカルドに会いに行っていた訳ではない。

ただただ、彼に会いたくて。少しでも顔を見て、その声が聞ければと、それだけしか考えていなかった。

それだけしか、望んでいなかったのに。

自らに起こった思いもしていなかった非現実的な展開に、呆然としていたスイレンは時間をかけて少し落ち着くことができた。

リカルドが今住んでいる家の豪華さに目を留めて、改めて驚いた。

もちろん。この家は今まで住んでいた粗末な小屋とは、何もかもが比べるべくもない。

用意してもらった夕食の片付けをするついでに、通いのメイドにそれとなく聞けば、竜騎士は自分の竜の世話をするために竜舎の近くに家を賜るため、これはその仮家《かりや》だった。

貴族でもある彼には、デュマース家に代々受け継がれる豪華な本宅があるのだという。

「現当主のリカルド様には、亡くなったご両親が纏められた縁談の婚約者がいられてね。この国でも彼女の容色は評判で、本当に美しい方なんだよ」

粗末な身なりのままでいるスイレンが、家の主人のリカルドを慕《した》っているとは全く思いもしていないのだろう。

もしかすると、スイレンのことを新しく雇われた使用人なのかと思っているのかもしれない。テレザと名乗ったメイドは、明け透けなまでにこの家の事情を話してくれた。

リカルドに婚約者がいるという話を聞いた途端《とたん》に、ズキンとスイレンの胸が鋭く痛んだ。

（あの人は竜騎士で。貴族で。私みたいな何も持たない平民なんて、相手にもしないのは当たり前のことなのに……）

国に連れ帰ってきたのも、きっと両親を亡くしているというリカルドと同じ境遇にあった同情からだろう。きっと、平民のスイレンなど彼には遊び相手にもなり得ないに違いない。元よりなんの期待もしていなかったはずなのに、なんでこんなに胸が痛くなってしまうのだろう。

「スイレン。ここにいたのか」

夕食の後。すぐに家を出て一人でどこかに出かけていたリカルドが、スイレンの姿を探して厨房《ちゅうぼう》にまで入ってきた。

彼と親しげに話しかけられたスイレンを見て、テレザは目を見張った。そして、自分が勘違いしていることに気がついたのか、バツの悪そうな表情になった。

スイレンは洗い終わったお皿を指示された通りに食器棚へと戻すと、戸口のリカルドの元へと近づいた。

「君は、俺の大事な客人なんだ。使用人のようなことは、別にしなくていい。テレザ。すまないが、これ以降はスイレンには水仕事はさせないでくれ」

「かしこまりました」

テレザは先ほどまでのくだけて話していた様子が嘘《うそ》のように、雇い主であるリカルドに対しかしこまって答えた。

貴族である彼と、平民であるスイレンたちはそのくらいの距離感で良い。それこそが、身分差のある社会を生きていく上での正しい処世術《しょせいじゅつ》だ。

スイレンも、それは理解していた。理解できているのに。

(胸が苦しい……こうして竜騎士様と一緒にいられて、嬉しいはずなのに)

彼との変え難い身分の違いを感じて、身の程をわきまえなくてはと、切ない気持ちが湧き上がってしまうのを、どうしても止めることができなかった。

「スイレン。君の寝巻きや普段着を、いくつか買ってきたんだ。今日はとりあえず急ぎだったから、下着なども知り合いの店で適当に見繕《みつくろ》ってもらった。君が使うことになる部屋にも、案内しよう。付いておいで」

リカルドは、何故か服の胸のあたりを掴んでいるスイレンの顔を見て、優しく笑うと手招きをした。

リカルドは戦闘職の竜騎士を職業としているだけに、大柄で筋肉もあり見た目は怖そうに見える。けれど、そんな風に笑顔を浮かべると、まるで花が咲いたようだとスイレンは思った。

精悍《せいかん》な騎士らしい男性であるリカルドを形容するには、それは似つかわしくない形容なのかもしれないが、相好《そうごう》を崩した可愛い笑顔を表現するにはぴったりな言葉だった。

「はい……竜騎士さま」

「リカルドでいい。これからは、スイレンは俺と家族同然になるんだ。また、機会を見て妹にも紹介をしよう」

家族同然。スイレンはその言葉を聞いて、まるで心臓が切りつけられたように胸が痛んだ。家族同然でも、この先きっと家族にはなれない。彼には、美しい婚約者が既にもういるのだから。

「リカルド様。その、私は使用人部屋でも大丈夫です。前にお話ししたように、私は狭い小屋に住んでいました。このような立派なお屋敷に住まわせていただけるだけで、とても有り難いんです」

「駄目だ」

リカルドは、スイレンの言葉に対してはっきり否と言った。

強い光を放つ茶色い目は、何故だかやけに嬉しそうに輝いている。

(何か、そんなに嬉しいことがあったのかしら……あ。敵国から救出されて、こうして無事に自分の家にいるのだもの。嬉しくないはずが、ないよね)

自分は一体何を考えているのだろうと、スイレンは心の中で自嘲した。有り得ないことを期待した自分が、とても恥ずかしかった。

「スイレンは、俺の大事な客人なんだ。これからはもう寒さに凍えることも、食べ物に飢えることも決してさせないと誓う。だから、俺の言うことを聞いてほしい……いいね？」

問いかけるようにしてリカルドは言葉を重ねると、躊躇《ためら》いがちに頷いたスイレンを連れて二階へと上がった。

廊下に敷き詰められたふかふかの絨毯《じゅうたん》が、底の浅い粗末な靴を履いたスイレンの足をくすぐって、どこかふわふわとした雲の上を歩いているようだった。

「……ここだ。俺の部屋はすぐ隣だから。何かあったら、なんでも言ってくれ」

スイレンは、彼の言葉に特になんにも不思議に思うことなく頷いた。

こうして家の主人の部屋に近い部屋を、伴侶でもない異性に与えるなど有り得ないことだった。けれど、そういう常識を持たないスイレンは、それは気がつくことができなかった。

リカルドに導かれるままに、大きな部屋に入りあまりの驚きに悲鳴のような喜びの声を上げる。

美しい女性的な曲線を描く彫刻が至るところに意匠《いしょう》され、内装は落ち着いた薄紅色と濃い茶色を基調《きちょう》に彩られた一室だった。

スイレンが朝まで暮らしていた隙間風《すきまかぜ》の入る小屋からは、比べるべくもない豪華さだ。

想像もしていなかった夢の世界に来てしまったような喜びの表情を見せるスイレンに、リカルドは満足そうに頷いた。

「風呂とトイレは、こちらだ。使い方は、わかるか?」

首を横に振ったスイレンに、リカルドは面倒な表情など一切見せずに懇切丁寧《こんせつていねい》に使い方を教えてくれた。

水で流すトイレは、ガヴェアとほぼ同じ使い方だった。

風呂に関しては両親が亡くなってから、井戸の冷たい水を汲み上げて体を拭くのが関の山で、湯の張られた温かい風呂に入った記憶のないスイレンにとっては未知《みち》の領域だった。

リカルドは使い方をもう一度復習するようにして、スイレンに言い含めた。

「このまま俺がここにいると、着替えもできないし風呂にも入れないな。では、隣の部屋へ戻るから。もし、何かわからないことがあれば聞いてくれ」

そうして、リカルドは脱衣所《だついじょ》に大きな紙袋を置いてからスイレンの部屋を出ていってしまった。きっとあの紙袋に、今日彼がスイレンのために買ってきてくれた服が入っているのだろう。

お風呂を使ってみようと、紙袋の中からレースのついた高級そうなシルクの下着や可愛らしい水色の寝巻きを取り出した。

スイレンはリカルドが教えてくれた通りに風呂を使い、身体を柑橘《かんきつ》系の爽やかな香りのする石鹸《せっけん》で洗った。

みるみるうちに黒い汚れが落ちて、今まで積み重なった汚れで色が変わっていた肌や髪が本来の色へと変わっていった。

浴室内に大きな鏡があるので、確認しながら洗えば気持ちのいいくらい汚れが取れた。肌は真っ白になったし、髪はより明るい栗《くり》色へと変わっていった。

今まで、スイレンが自分では見たこともないほどに白くなった顔が、鏡の中からこちらを見返している。

（これで、少しはさっきよりマシな姿になったかな……）

小さな頃から叔母のマーサにことあるごとに役立たずだと罵られ、一番近しい人たちから容姿すら貶《けな》されて育ったスイレンは、今まで自分の容姿をいいものだと思ったことはなかった。

口の上手いどこだかの貴族の従者なんかに、華やかな王都名物の花娘という職業もあり、言い寄られることもあった。透けて見える下心がどうしても嫌で断れば嫌な女だと罵られ、それもスイレンが嫌な思いをしただけに終わった。

それでも。あのリカルドの前では、少しだけでもマシに見えるような自分でいたいと思ってしまった。

あの人の横に並ぶように似合う容姿になるのは難しくても。それでも、少しだけでも可愛くなりたいと思った。

濡れた髪を手早く生活魔法で乾かし、肌触りのいい高級な下着と可愛らしい柄の寝巻きを恐る恐ると身につけたスイレンは、このままベッドの中に入って寝てしまっていいのか判断がつかなかった。

（寝る前の挨拶は、言われなくても、きちんとするべきだよね？）

何分、早くに両親を亡くしてしまったために、スイレンにはその辺の常識などもわからない。けれど、こうしてたくさんの物を惜しみなく何も持たなかった自分に与えてくれたリカルドに、せめてものお礼をしたいと考えて教えられた隣の部屋の扉を叩く。

「……おっと」

予想に反してリカルドの部屋の扉を開けたのは、ここに来る空の旅でリカルドに軽口を叩いていたブレンダンと呼ばれていた茶髪の青年だった。彼はスイレンの姿をサッと見て、ヒュウと高い口笛を吹く。

「これは、これは……連れ帰っていた時にも、可愛い子と思っていたけど。近くで見ると、本当に想像以上だ。スイレン……ちゃんだった？　僕は、ブレンダン・ガーディナー。リカルドの同僚で同期。よろしくね」

彼女の姿を見ての感想から自己紹介までを一息に言い切ったブレンダンの言葉に、困ってしまったスイレンは目を白黒させた。

（顔が近い……どうしたら、失礼のないように顔を離すことができるのかしら）

「ブレンダン！　やめろ。スイレン、どうした」

近くにいたブレンダンの肩をぐいっと引いて、割り込んだリカルドの顔が今度は近い。

何故だか彼は大きく驚いた顔をして、背後にいるブレンダンの目から廊下にいるスイレンを隠すように身を乗り出した。

リカルドは案内してくれてから、自室で寛いでいたのか。着ていたシャツの釦《ボタン》を三つほ

ど外していた。そこから彼の逞しい筋肉質な胸が垣間《かいま》見られて、思わず目を逸《そ》らしながらスイレンは慌てて言った。

「あ、あの。おやすみの挨拶をしようと、そう思っただけなんです。お仕事中に、ごめんなさい」

「……ああ。そうか。ごめん。驚かせて。これは、仕事というか……明日ある、よくわからない凱旋式《がいせんしき》とかいう面倒な行事の打ち合わせだ」

いかにも、その式典について自分はうんざりしているといった風情でリカルドは言った。

「凱旋というか……ただ、救出されただけだけどね。リカルドは、結局何もしてないし。あ。スイレンちゃんを、国に連れて帰ってきたくらい？」

ふっと軽く笑いながら、ブレンダンは気安い様子でリカルドを揶揄った。

「黙れ。ブレンダン」

「怒らないでよ。本当のことしか言ってないだろ？　こいつはこれでも、ヴェリエフェンディの英雄竜騎士リカルド・デュマースだからね。国の威信《いしん》とか、国民への無事アピールとか。上層部の思惑《おもわく》が、いろいろとあるんだよ。良かったら、スイレンちゃんも僕と一緒に行く？　エスコートしてあげるよ」

ブレンダンは片目を瞑《つむ》って、戸惑っているスイレンに笑いかけた。

「駄目だ！」

いきなりのリカルドの大きな声がその場に響いて、驚いたスイレンは身を縮めた。凱旋式に誘ったブレンダンも、吃驚《びっくり》した表情で隣にいたリカルドに言った。

「大きな声を、出すなよ。ここは、風の音が邪魔する空の上じゃない。大声でなくても、僕たちは聞こえているんだからな」

「スイレンは、凱旋式には行かない……いいな？」

リカルドに静かに圧するように問われ、優しい彼が初めて見せる本気の表情にスイレンは圧倒されるように何度も頷いた。ブレンダンは、二人の様子を見て顔を顰《しか》めた。

「あのっ……邪魔してしまってごめんなさい。おやすみなさい。リカルド様。ガーディナー様」

慌ててお辞儀をしてから彼らの反応を待たずに扉を閉めると、スイレンは与えられたばかりの自室へと真っ直ぐに戻った。

清潔な白いシーツが敷かれた大きなベッドへと入り、それでもスイレンはいつもの癖で身を丸めてしまった。

身体も心も休めるはずのベッドの中で胸が、ドキドキして大きく高鳴る。

（同じ屋根の下に、あのリカルド様がいるんだ。彼とお話することだってできる……まるで、夢みたい）

昨日、彼ともう会えなくなってしまうと泣いていた自分が、今置かれている状況が未《いま》だ信じられない。

これは出来の良い夢の中なのではないかと悩んで、その夜スイレンは遅くまで寝つけなかった。


次の日の朝、昨晩なかなか寝つけなかったスイレンが目覚めればすっかり日は高かった。

リカルドが持ってきてくれた紙袋に入っていた服の一枚、可愛らしい形の水色のワンピースを着る。

寝坊してしまったと慌てて自分の部屋から出て階段を下り、昨日夕食を頂いた居間を覗くと、白い布がかけられた美味《おい》しそうな朝食が用意されていた。

傍《そば》には机の上に流麗な文字で置き手紙があり、疲れているだろうからゆっくりと休むようにと署名付きで書いてあった。

スイレンは初めて見る彼の文字が嬉しくて、思わずリカルドの名前を指でなぞってしまった。今までの彼から想像する通りの、きっちりとした美しい文字だった。

リカルドは、もう家を出てしまっているようだ。

通いのメイドのテレザも、何かの作業をしているのか。今は近くにいないようで、姿が見えない。

スイレンが用意されていた朝食を食べて皿洗いまで終わらせると、涼やかな呼び鈴の音がした。

「やあ。スイレンちゃん、今日も可愛いね。こんにちは」

「おはようございます。ガーディナー様。あの、今リカルド様は……」

玄関を開ければ、昨夜も会ったばかりのブレンダンが悪戯っぽく微笑んでいた。

「うん。いないよね。もちろん。知ってる知ってる。あいつが主役の凱旋式は、時間的にもう始まっているから。良かったら、スイレンちゃんも僕と見に行かない？」

「え、でも」

昨夜リカルドから、凱旋式へは来てはダメだと言われているために、スイレンはブレンダンの言葉に逡巡《しゅんじゅん》した。

「いいから。いいから。正式な竜騎士服着ているあいつを、見たくない？」

（正式な竜騎士服を着ている、リカルド様……）

コクっと、自然に喉が鳴った。

リカルドは黒い竜騎士服もよく似合っていたが、正式な竜騎士服というと、どういったものなのだろうか。

つい興味を持ったスイレンの思っていることなどお見通しと言わんばかりで、ブレンダンはさり気なく胸の前にあった手を取り、困惑しているスイレンを誘い出した。

「あっ……あのっ……でも」

「平気平気。凄《すご》い人出だから。スイレンちゃんから、あいつに行ったたって言わなきゃバレないから……ただ、そのワンピースもよく似合っていて可愛いけど、せっかくだからもっとお洒落《しゃれ》をして行こう」

ブレンダンはスイレンを強引に自分の乗ってきた馬車へと乗せると、御者へと合図を出した。

「僕も、竜騎士なんだけど。あいつと違って、商人の家の出身でね。昨日の夜びっくりしたよ。リカルドが僕の家までやってきて、急用だから店開けろ！　だもんね。まあ……確かに店主の息子の僕が無理が利くのは間違ってないけど、サイズもわからないのに女性用の下着を適当に用意しろは参ったな」

ブレンダンはやれやれといった様子でそう言うと、隣に座るスイレンを見て甘く微笑んだ。

「サイズが合っているみたいで、良かったよ。僕。女性のサイズを当てるのは、得意なんだ」

スイレンは、意味を察して顔を赤くした。女性にモテそうだと思った第一印象は、間違っていないようだ。この調子で、女の子を誑《たら》し込んでいるに違いない。

「あのっ……どこに、行くんですか？」

「んー……僕の実家の店。女性用の服飾店でね。女の子に服買ってあげたりするのは、好きなんだ。せっかくこうして僕とデートすることになったんだし。お洒落をして楽しもう？ね？」

魅力的な笑顔を向けられ首を傾げられて、スイレンは返答に困った。正式な竜騎士服を着ているというリカルドを見に凱旋式に行くはずの話が、いつの間にかブレンダンとデートすることになってしまっている。

「僕に任せておけば、心配は要らないから……何も、心配することは要らないよ」

ブレンダンはそうして優しそうな好青年な顔をして爽やかに微笑んだので、スイレンは困惑しながらも彼の言葉に頷いた。

⚜

「うん。僕が思っていた通りだ。めちゃくちゃ可愛い」

彼女の支度を待っている間に自身も黒い竜騎士服に着替えていたブレンダンは、彼が選んだドレスに着替えたスイレンを見て満足そうに頷いた。

伸ばしっぱなしだった栗色の髪は、店で雇われている髪結師《かみゆいし》に切られ梳《す》かれて流行の形だという髪型に結われている。そして、顔にはスイレンにとっては生まれて初めての化粧も施されていた。

ブレンダンが選んだ白いレースの縁取りが意匠された清楚《せいそ》な紫色の小花柄のドレスは、スイレンにとてもよく似合っていた。

ブレンダンは店の使用人に料金はいつも通りにとだけ言い残すと、慣れない高い踵《かかと》の靴を履いたスイレンを馬車へとエスコートした。

「お金のことは、別に気にしなくてもいいよ。竜騎士の俸給《ほうきゅう》って命をかけている分、それなりに高い。自慢する訳でもないけど、僕の実家も見ての通り大金持ちだから」

飄々《ひょうひょう》とそう言ってのけるブレンダンに、今までこんな格好をしたことのないスイレンは俯いた。後で返せと言われてしまっても、そのお金がスイレンにはない。最悪の場合は、保護してくれているリカルドに借りることになるだろう。

「ああ……そろそろ、城だ。ガヴェアの王都も美しくて有名だが、ヴェリエフェンディ自慢の城も美しいよ。よく見て」

ブレンダンに誘われるままに、スイレンは馬車の窓から白亜の美しい城を見た。

お伽噺《とぎばなし》の舞台になりそうな、優美で女性的な城だ。美しい絵画がそのままこうして窓に嵌《はま》って風景になったような、不思議な気分になった。

そして、そこで今まさにリカルドが主役となる凱旋式が、行われている。

スイレンが美しい城にじっと見入っていた間に、あっという間に城の馬車停《ど》めに到着した。

もう着いていたと慌てて降りようとするスイレンに手を差し出しながら、ブレンダンは言った。

「さ。急ごう。そろそろ、あいつが城のバルコニーに出て挨拶をする頃だ」

竜騎士である証《あかし》の黒い騎士服を着ているブレンダンには城を守る衛兵たちも、丁重に頭を下げて敬礼をする。

城中央にある広場には、ざわざわとした人だかりが見えて、国民の誇りである英雄の凱旋を国民たちが待っている。

やがて、王族たちが挨拶をする時に使用する大きなバルコニーに、見覚えのあるリカルドが現れた。

集まった民衆から熱狂的な歓声がわき起こり、リカルドは手を振ってそれに応えた。

濃紺の生地に金と白の豪華な意匠が施された、いかにも物語に出てくる騎士といった出《い》で立ちだ。華やかな騎士服は、端整な顔立ちのリカルドによく似合っていた。

スイレンは、リカルドが登場し顔を綻ばせて喜んだ。

ブレンダンは隣のスイレンの様子を面白そうに見て、彼の胸にたくさん着いている徽章《きしょう》は一つ一つが素晴らしい戦果《せんか》を挙げたという褒美で、彼がこの国の英雄である証だと教えてくれた。

そして、一人の美しい令嬢が彼に近づいて、祝福の花冠を頭に載せ、リカルドの頬にキスをした。

「あれ？　イジェマじゃないか。あいつも、この凱旋式に出ることになっていたのか……あれは、リカルドの婚約者で……」

後ろにいたスイレンのことを振り返ったブレンダンは、思わず絶句した。

スイレンは遠くにいるリカルドと彼に寄り添う令嬢の二人を見つめたまま、何も言わず静かに頬に涙を伝わせていたからだ。

スイレン自身も何故こうして涙が出てくるのか、わからなかった。彼に婚約者がいることは既にわかっていた。

この恋が叶わないことは、元から知っていた。

（知っていたのに）

「スイレンちゃん。ごめん。僕のせいだ。見たくないものを見せてしまったね」

スイレンの様子に顔色を変えたブレンダンは、慌ててスイレンの手を引き寄せ広場の出口へと歩みを進めた。

自分たちの英雄の無事な姿を見に、前方へと進みたい人が多いせいか。反対方向へ向かう分には、道を空けてくれて出口に進むのは楽だった。

ようやく人目のない小部屋にまで辿り着くと、ブレンダンは困った顔をした。涙が止まらないままの、スイレンのことを見やった。

「……あいつのことが、本気で好きなの？」

ブレンダンは、揶揄うでもなく真面目に聞いた。スイレンは何度か頷いて、彼の質問に肯定で答えた。

そんな様子を見て、ブレンダンはふうっと大きく息をついた。

「辛い恋になるよ。リカルドは貴族だし、こうして英雄と呼ばれているくらいに国民からの注目度が高い。それに、さっき見たイジェマはあいつが幼い頃から決まっていた婚約者だから……もしかして。ガヴェアにいる時に、あいつから何か将来の約束をもらったの？」

緩く首を横に振って否定したスイレンを見て、ブレンダンは嘆息した。

「……そうか。リカルドも、そのくらいの分別はあったってことか……そうだな。スイレンちゃん、僕と気晴らしに空の散歩でもしようか？」

彼の言葉に驚いたスイレンは、思わず涙を止めてブレンダンを見た。なんとも言えない顔でスイレンを見つめ、どう答えるかどうかを窺《うかが》っているようだった。

（ここで、ずっとこうしている訳にもいかない……）

少しだけ時間を置いて、スイレンは頷いた。

第三章　赤竜と青竜

再び二人が馬車に乗って訪れたのは、巨大な半円形の建物だ。

昨日スイレンがこの国に降り立った時にもこの場所に来たから、きっとヴェリエフェンディが誇る竜騎士団の駆る竜たちが住むところなのだろう。

ブレンダンの大きな手に引かれて入った竜舎は、とにかく広大だった。

ブレンダンは慣れた様子で中で作業をしていた騎士見習いらしい若い男の子に、騎乗用の鞍《くら》を用意するように言うと軽くヒュウッと口笛を吹く。

その時、巨大な竜舎の中を飛行していた青い竜が、一直線にブレンダンの立つ場所に降り立った。どうやら、ここが竜が竜騎士を乗せて飛行する前の、準備する場のようだ。

駆けつけた騎士見習いの男の子たちが、何人かがかりで青い竜へと素早く鞍を取りつけていく。

「大分上達してきたな。その調子で」

ブレンダンは作業が終わり、傍に整列した騎士見習いたちを労うと、待っていたスイレンに手を差し出した。

恐る恐る大きな手を取ると、ぐいっと引っ張り上げられた鞍の前側に横座りに座った。

昨日着ていた簡素な服とは違って、今日着ているドレスではとても鞍を跨《また》がれないのだ。

「さあ、行こう。空の散歩は楽しいよ」

ブレンダンの楽しげなその声を合図に、青い竜は建物上部にある四角い空に向かって大きく飛翔《ひしょう》した。

長距離を瞬く間に飛行した昨日とは打って変わって、まるで飛ぶことを楽しむように深い青の竜はゆったりとした速度で進む。

つい先ほどまで、自分たちがいた白亜の美しい王城も、上空からこうして見下ろすと子どもの玩具《おもちゃ》のように小さく見えた。スイレンは、前方から吹きつけてくる気持ちのいい風に目を細めた。

「僕の竜は、クライヴっていうんだ。スイレンちゃんのことを、すごく気に入ったって。なんだか、色んな花の良い匂いが君からしているって、言ってるよ」

後ろからブレンダンに腕を回されて竜に騎乗しているスイレンは、首を回して後ろを振り向くと、思ったより近くにブレンダンの整った顔があって慌てた。

驚いて思わずバランスを崩してしまいそうになったスイレンだが、彼は大きな手で危なげなく腰を支えた。

（びっくりした……本当に、視界に入ると心臓に悪いくらいに美形な人だし……）

照れくさい恥ずかしさを誤魔化すようにして、スイレンはブレンダンに聞いた。

「あの、竜って人の言葉を理解できているんですか？」

「もちろん。そして、竜騎士となって契約を交わすことになれば、自分の竜とは心の中で話すこともできるよ。ふふっ……君は本当に可愛いから、僕より自分の方が似合うって」

クライヴと呼ばれた青い竜は、ブレンダンがそう言えば機嫌良さげにキュルキュルと高い声で鳴いた。彼を信頼しているからこその甘えたような声音に、スイレンは思わず笑ってしまう。

気分を良くしたスイレンは、空飛ぶクライヴの鼻先にいくつもの魔法の花を出した。クライヴは大きな口を開いて、宙に浮く花を飲み込むと、より大きな鳴き声でキュルキュルとせがむようにして鳴く。

「驚いたな。さっきの花は……スイレンちゃんが？」

飄々とした態度のブレンダンが、彼らしくない様子で驚き、少し震えている声で彼は聞いた。

スイレンは彼の問いに静かに頷いて、クライヴの顔が届くだろう範囲に花をいくつか出現させてあげると、青い竜はまた喜んで花にかぶりついた。

可愛らしいその様子に目を細めつつ、スイレンはブレンダンがリカルドに何も聞いていないのではないかということに思い至った。彼ら二人は昨夜、仕事の話をしていただろうし、時間も遅かった。

リカルドがスイレンのことを説明するにしても、檻の中にいた時のことをブレンダンに詳しく説明するような、時間を過ごしたとは思い難い。

（そうだ。この人は私のことを何も知らないんだ……）

「あの……私。リカルド様が囚われになっていた魔法大国と言われているガヴェアの出身なんです。でも、この花魔法しか満足に使うことしかできなくて、王都で生花を売る職業の花娘をしていました。あっ……でも、今クライヴが食べているのは、食べることもできる魔法の花なので、お腹を壊したりしないと思います」

もしかしたらブレンダンに心配をかけてしまっているのかもと真面目な顔で言ったスイレンに、彼は吹き出して明るく笑いながら言った。

「はは。それは全く心配をしてないけど……クライヴは、君の魔力が美味しいらしいよ。竜はね。獣の肉なんかをあまり食べない代わりに、空をこうして飛びながら大気中にある魔力を取り込むんだ。君の出した花は、ほっぺたがとろけるほど甘くて美味しいって……そうか。僕も、以前に聞いたことある。壮麗なガヴェアの王都名物の花娘。綺麗どころばかりって、噂で聞いていた。スイレンちゃんは、その花娘の一人だったんだ」

彼の言葉に頷いたスイレンを見て、ブレンダンは端整な顔を傾げた。

「ねえ。スイレンちゃん、僕にしない？　あいつと同じ竜騎士でも、僕だったら平民の君を嫁にしたって問題ない。引退したら、裕福な商家の嫁だ。貴族の嫁なんかより、君には向いていると思うけど？」

甘い声で耳元で囁かれ、えっと驚いて、彼の顔の方向を振り返りかけたスイレンは目を見開いて彼の背後にあった光景に驚いた。

ブレンダンの背中目がけて、巨大な火の塊がすぐそこにまで迫ってきていたからだ。

高い悲鳴を上げたスイレンを余裕の表情で片腕でぎゅっと抱きしめると、ブレンダンは無言でクライヴを急上昇させた。

「あっぶないなあ、僕とクライヴじゃなかったら死んでたよ……僕たちは、楽しい空の散歩をしていただけ。何しに来たんだよ、リカルド。お前は凱旋式の主役だろ」

青い空に浮かぶ、深紅の竜ワーウィック。その竜に騎乗しているのは、先ほど凱旋式に出ていた時に見た正装そのままのリカルドだ。

そして、こちらを強い瞳で睨《にら》み、顔を歪《ゆが》めて怒っている様子だった。

予想外のあまりの出来事に、思わず震えているスイレンの背中を撫《な》でるブレンダンは、ふうん？　と目を細め、どこか一人納得したように頷いた。

「ほら見ろ。スイレンちゃんもこうして、震えて怯えている。ここは、攻撃するのが当たり前の戦場じゃないぞ。そんなことも、わからないのか。戦闘バカが」

挑発《ちょうはつ》するようなその言葉に、リカルドは地を這《は》うような低い声で怒りを露《あら》わにした。

「……スイレンを渡せ。なんで、お前とここにいる」

「その言葉。そのまんま、お前に返すけど。リカルドは、なんでここにいるの。今夜は王族も出席する晩餐会まで、参加する予定だろ?」

「時間までには、帰る。良いから。スイレンを渡せ」

断固たる固い意志を醸《かも》し出すリカルドに、ブレンダンは呆れたようにした。

「これは、もう話にならないな……スイレンちゃん、どうする?」

青い空の上で、二頭の竜が睨み合っている様子は圧巻だ。

スイレンはぎゅっと強い力で押しつけられていたブレンダンの胸から顔を上げると、リカルドの方を見た。

眉を寄せて、二人の様子を見ているリカルドの顔を見ると、先ほど見てしまった彼と彼の婚約者が微笑み合っていた光景が蘇《よみがえ》る。ぎゅっと、胸が軋《きし》むようにして痛むのを感じた。

(この人は、美しい婚約者を持つ人……でも、ただ好きでいるくらい。別に、いいよね……好きなことは、止められないもの)

「あの、ガーディナー様。今日は、本当にありがとうございました。私……リカルド様と、帰ります」

ブレンダンはスイレンの言葉を聞いて、参ったと言わんばかりの表情になり肩を竦《すく》めると、スイレンにだけ聞こえる小さな声で言った。

「あいつが嫌になったら。いつでも、僕のところにおいで」

ブレンダンはスイレン本人の希望なら仕方ないという態度で、火竜ワーウィックのギリギリの距離にまでクライヴを近づけると、スイレンをリカルドに慎重に引き渡した。鞍に腰かけた途端に、ぎゅっとリカルドの太い腕がスイレンの細い腰に巻きついた。

「あのっ……ガーディナー様。ありがとうございます」

すぐに旋回《せんかい》しようとしたワーウィックの背から、慌ててブレンダンに声をかけたスイレンににこっと笑いかけると、ブレンダンは手を振ってゆっくりと下降していった。

それに目をやって見送るスイレンを見て、リカルドは腕の力を少しだけ強くした。

「空き時間ができたから。一度、家に帰ったらスイレンがいなくて……心配した。なんでこんな格好なんだ?」

着飾った彼女を、初めて間近で見たせいだろうか。信じられないような驚いた顔をして、リカルドはスイレンを見下ろした。目の縁も、赤く見えているような気がするのは、気のせいだろうか。

「あの、これは……ガーディナー様が、全部買ってくださって……」

リカルドはスイレンの答えを聞いて、何故か気分を悪くしたようだった。片眉を上げて気に入らないことを示すように、小さく鼻を鳴らした。

「こうした空の散歩に行きたいのなら。俺とワーウィックが、また連れていこう。今日はもう帰ろう」

「はい」

彼の言葉に素直に頷いたスイレンは、来た方向へと進路を変えたワーウィックの鼻先に魔法の花を出した。

予想通りにと、言うべきか。

クライヴと同じように、ワーウィックは大きな口を開けてパクリと花を飲み込んだ。嬉しそうにキュルキュルという鳴き声を出し、ねだるように後ろを振り向きながらワーウィックは前へと進む。

「……君の魔力は、すごく甘いそうだ。もっと欲しいと」

ワーウィックにそれを言うようにとせがまれたのか、リカルドは渋々と言葉を出した。

「ふふっ……さっき、クライヴも同じようなことを言っていました。竜には、私の魔力が甘く感じるんですね。不思議ですね」

スイレンはいくつかの花をワーウィックの鼻先に浮かべながら、その先の空間にも魔法の花を振り撒《ま》いていく。

花を追いかけるようなワーウィックは上機嫌で、火竜の彼は口元から小さな火を吐き出したりもしていた。

「……ワーウィックは、君をとても気に入ったようだ。スイレンが呼んでくれたら、いつでも行く、と」

「え!?　あの……とんでもないです。リカルド様。ワーウィックは、リカルド様の竜では？」

何か気を回させてしまったのではないかと、恐縮《きょうしゅく》して言ったスイレンにリカルドは微笑んだ。

「そうだな。確かに俺が竜騎士になる時に、この竜ワーウィックと契約した。だが、それでワーウィックの行動を縛ることはできない。竜は自由な生き物だから、君が呼べば行くと言ったのは、ワーウィックの勝手だ。別に俺が止めるようなことじゃない」

「……ワーウィック、本当？」

ワーウィックは振り向き、こちらをちらっと見てから「そうだ」と言いたげに大きく頷いた。

賢き恐ろしい生き物は、人語も完全に理解している。

スイレンが彼の好意の申し出にありがとうとはにかんで呟くと、またキュルキュルと嬉しそうに鳴いた。

「……わかったよ。ワーウィックは、自分の意思を正確にスイレンに伝えろとうるさい。君のことがとても気に入っているので、いつでも会いに行くと。何かあったら、呼んでくれ。さっきの氷竜クライヴなんかより、自分の方が優れているそうだ」

ようやく自分の言いたいことがすべて伝わったと思ったのか、ワーウィックは進行方向を向いて満足そうだ。

スイレンは賢くて美しいこの竜が、もし自分が困ったらいつでも駆けつけてくれると思うと嬉しさに胸が高鳴った。それも、想い人のリカルドの竜だ。自分がそうした存在に気に入られたのは、素直に嬉しかった。

「君をそのまま、俺の家の前まで送る。今日は仕事で遅くなると思うから、先に寝てしまっても構わない……ブレンダンがもし来ても、絶対に家には入れないように」

小さな子に言い含めるようにそう言うと、ワーウィックは行き先は心得たと言わんばかりに、滑るように巨大な竜舎のある方向へと下降し始めた。

「……その格好。最初、誰だか……わからなかった。似合っているよ。スイレン」

リカルドが耳元でぼそっと言ってくれた、彼の言葉がとても嬉しくて、真っ赤になったスイレンはさっきとは違う理由で泣きそうになった。

◆

「良いか。テレザが帰ったら、誰が来てもドアを開けないこと。特にブレンダンは絶対に、駄目だ。わかったな？」

リカルドはそう言い残すと、時間もそう残されていなかったのか。ワーウィックに飛び乗って、城へと帰ってしまった。

みるみる高度を上げて、青い空を飛んでいく竜を、ほうっと息をつきながら見守る。日差しが強くて、思わず手で目に影を作った。

（きっと……あの人は、社交辞令で褒めてくれたんだとわかっているのに）

でも、それでも、とても嬉しくて。知らず、笑みが溢れてしまう。

リカルドのことを知ってからスイレンの気分は上がったり下がったり、まるで気まぐれな蜜蜂が飛んでいる軌跡のようだ。

心の中が、落ち着かなくて酷く忙しい。

リカルドには、美しい婚約者がいる。自分と結ばれるような人ではない。それは、スイレンも理解していた。

でも、少しでも彼に綺麗になったと、外見を褒めてもらえるのは、とても嬉しくて。

「スイレンさん、おかえりなさい。まあまあ……まるで、貴族のお嬢様じゃないか！　こっちに来て、よく見せておくれ」

家の中で洗濯ものを畳んでいたテレザは、お洒落をしたスイレンを、手放しで褒めてくれた。

「テレザさん。ありがとうございます。忙しいところすみません。私……着替えたくて。脱ぐのを手伝ってもらっても、良いですか？」

今まで庶民用の服しか持っていなかったスイレンには、可愛らしい紫の小花柄のドレスも脱ぎ方がわからない。

快く引き受けてくれたテレザに手伝ってもらいながら、昨夜リカルドが何枚か買ってくれていた中にあった、すとんとしたワンピースに着替えた。

髪に飾られていた複雑な留め具を外してもらって、背中へと流す。

ようやく落ち着いた気持ちになって、スイレンは大きく息をついた。

（こんなにお洒落したことなんて、今までの人生で初めてだったから疲れちゃった。貴族のお嬢様は、これが日常なのね……）

ドレスは可愛くて、確かにそれだけを見れば眼福《がんぷく》なのだが。体型を整えるコルセットは息苦しい。

高価な生地で作られているだけあって重いし、汚れてはいけないと思うと自然に動きには気を使う。

安心した表情のスイレンに、テレザは鏡越しに意味ありげな笑みを見せた。

「スイレンさん。気をつけておくんだよ。こうして、一人では脱ぎ着のできない服を贈るということは。男性側の、君の服を脱がせたいっていう隠れた意味もあるんだよ」

ただ可愛らしいと思って着ていたドレスにそんな意味があったのかと気がついて、鏡に映ったスイレンは見る間に真っ赤な顔になった。

いかにも恋愛事に慣れていないスイレンの様子を見て、テレザは微笑ましそうに笑った。

「リカルド様には……幼い頃からの婚約者がいらっしゃる。けど、ブレンダン様は、国でも有数の人気を誇る独身男の一人だよ。浮き名は少々流してはいるが、あれくらいなら……彼ほどにモテている割には、少ない方だとは思うよ」

当初彼を見た時の予想通り女泣かせな様子のブレンダンの噂に、スイレンはやっぱりと大きく頷いた。

「あの……ガーディナー様は、有名な方なのですか？」

あれだけの整った容姿を持つ竜騎士なのだから、彼が有名であることも当たり前のような気がするものの、リカルドほどは敵国ガヴェアでは恨まれてはいなかった。

ブレンダンのことを聞いたスイレンの言葉に、テレザはそうだねえと頬に手を当てながら頷いた。

「リカルド様は、確かに英雄と呼ばれるほどに戦功を挙げられてはいるが……それも、あの理知的なブレンダン様が相棒であってのことだと、私は聞いているよ。リカルド様は貴族だからねえ。身分もあって、国中に名前も知られている。どうしても、目立つからねえ。誉れある竜騎士と結婚できるのは、この国では最高の嫁入りだよ。どんなに鍛錬を積んでも、数の限られたほんのひと握りの人間しか、竜騎士にはなれないからね。それに……」

言葉を切ったテレザは、すっかり量が減って扱いやすくなったスイレンの栗色の髪に荒い櫛《くし》を通す。

「……それに?」

途中で言葉を止めたテレザが不思議になってスイレンが振り返ると、テレザは笑いながら言った。

「どんなに、騎士見習いの中で竜騎士候補になれて勝ち残ったとしても……今。主人がいない竜に選ばれないといけないから。人格も、問われるんだよ。例えば……どんなに強くても、人を見下すような人間は、絶対に竜に選ばれない。竜は、相棒に高潔《こうけつ》であることを望むからね」

「高潔……そう、そうですね」

スイレンはテレザの言葉を聞いて、何度も頷いた。

そもそもリカルドは、大怪我をしたワーウィックを救うために、自らの身を敵国に差し出した。

その行為を高潔と言わずして、なんと言うのだろう。

「まあ、それはいい。なんにしても将来有望な竜騎士と結婚できるチャンスがあったなら、何を置いても摑むべきだよ。人生の先輩として、それは忠告しておいてあげよう」

人差し指を立てて、抑揚《よくよう》をつけ面白くそう言ってくれたテレザに、スイレンは声を出して笑った。


翌日、二階の自室から出て階段を下りてきたスイレンに、先に朝食を取っていたリカルドは笑って朝の挨拶をしてくれた。

（綺麗……リカルド様の髪が、燃えているように見える）

リカルドの鮮やかな赤い髪が、窓から差し込む朝の光を受けてまるで燃えているように見えた。

恋をしているスイレンには彼のことが何をしても特別に見えてしまうのは、もう仕方がない。

「おはよう。スイレン。君さえ良ければ、今日は俺の妹に紹介しようと思うんだが……体調はどうだ？」

リカルドは努めて、優しく聞いてくれた。けれど、彼の思いもよらなかった誘いにスイレンは戸惑ってしまった。

「リカルド様の、妹君ですか？　その……私は知っての通り身分も平民で。お作法も、何もわからなくて……貴族のお嬢様に挨拶する方法も、全くわからなくて……失礼を、してしまうかもしれません」

（リカルド様の家族には……嫌われたくはない。できれば、この国での最低限の作法を学んでから……）

自分に学がないことを恥じるようにして、しゅんとして答えるスイレンにリカルドは微笑みながら言葉を重ねた。

「そんなことを、気にするような奴《やっ》じゃない。それに、妹のクラリスはある病気で寝たきりで……今は、ベッドの上なんだ。きっと退屈しているから、同じ年頃の君に会えたら喜ぶだろう」

何度も大丈夫だと重ねてそう言ってくれるので、スイレンは戸惑いながらもリカルドの言葉に頷いた。

リカルドの本宅デュマース邸は、城近くにある貴族街にあるのだという。

スイレンが道中に馬車から窓の外を覗いて見ると、だだっ広い敷地を持つお屋敷ばかりが並んでいた。ガヴェアにいた頃には近づくことすらなかった、身分を持つ貴族が住む区画だ。

「クラリスは、一年前ほどから病を患っていてね。感染《うつ》る病気ではないから、安心してくれ。ただ……治療法がわからなくてこの先治るかどうかは、わからないんだ」

寂しそうに微笑んだリカルドに、スイレンは心が痛んだ。

（この人には、いつも笑顔でいてほしい。そう、できたら……それを自分が傍で見ることができたら。どんなに幸せなんだろう……）

彼の不安を感じ取り顔を曇らせてしまったスイレンに、リカルドは慌てて言った。

「そんな顔を、しないでくれ。スイレン。クラリスに今どうこう何かがあるっていう訳じゃない。ただ、動き過ぎると呼吸が続かなくなるから、ベッドで安静にしているだけだよ」

スイレンは自分のために妹の病状を詳しく説明してくれたリカルドの言葉に、はっとして笑顔を見せた。

「はい……お会いできるのが、楽しみです」

「ああ。あいつも、君のことを気に入ると思うよ」

デュマース家の当主リカルドが本宅とする建物は、素晴らしく大きく広かった。

通いのメイドのテレザから、デュマース家の屋敷は伝統のある貴族の家でとても広大な敷地を持ち立派だと前情報を教えてもらってはいたが、こうして彼と埋めがたい身分差があるという現実を目の当たりにしてしまうと、スイレンは言葉もなくしてしまった。

ここで生まれ育ったであろう貴族のリカルドにとっては当たり前のことなので、なんでもない様子で屋敷へと入り、彼を待っていた執事に、いくつかの連絡事項を伝えてから、戸惑うスイレンを促して美しい螺旋階段《らせんかいだん》を上った。

リカルドに案内された彼の妹クラリスの部屋には、とても大きな窓があった。

ベッドから満足に出られないという病床の彼女のために、せめてもの気遣いなのかもしれない。

半身を起こしていたのは、リカルドと同じ燃えるような赤髪を持つ美しい少女だった。丁度本を読んでいたのか、膝の上に大きな本が広げられている。

「お兄様。おかえりなさい。帰ってきてたんだ」

リカルドの妹クラリスは敵国に捕らえられ、今まで命あるかもわからなかったはずの兄にこうして会っても、平然とした表情で挨拶をした。

「敵国に捕らえられた兄に対して、随分《ずいぶん》な歓迎だな」

どうやらリカルド本人もそう思ったらしく、苦笑しつつクラリスのベッド脇に置かれていた椅子へと腰かけた。

「だってお兄様。どんな状況でも、絶対に死なないじゃない。戦闘が仕事の、竜騎士なのよ。戦場に出るたびに、いっつも心配をしていたら私の体が持たないわ」

クラリスは貴族らしく高価そうなフリルやリボンで、飾られた可愛らしいネグリジェを着ていた。その時、彼女は初めてリカルドの後ろに隠れるようにして、立っていたスイレンに気がついたようだ。

「あらあら？　お兄様。やっと、可愛い恋人ができたの？」

クラリスの揶揄うような言葉に、こほんとリカルドはわざとらしく咳払《せきばら》いをした。

「誤解を呼ぶようなことを、言うな」

「別にいいじゃない。イジェマだって、同じようにしていることでしょう。それにあの人。竜騎士なんて、泥臭くて嫌いって言って憚《はばか》らないじゃない。皆、国を守るために命をかけて戦っているのよ。私はイジェマのこと、好きじゃないわ」

「クラリス」

リカルドは、強い響きの言葉で妹の言葉を遮った。

クラリスは怒られたにもかかわらず面白そうな表情になってから、兄のリカルドに首を傾げた。

「紹介しよう。これから、俺たちの家族になるスイレンだ。ガヴェアで捕らえられている時に、俺が何度も助けてもらった。お前も仲良くしてくれたら、嬉しい」

「あのっ……スイレン・アスターと申します。クラリス様、よろしくお願いします」

クラリスは目を見開いてから、興味深そうに拙《つたな》くお辞儀をするスイレンを観察するような目で検分《けんぶん》した。

ふふんと何か面白そうなことを見つけたような顔になると、リカルドに当たり前のようにして言った。

「ちょっと、お兄様。私。スイレンとお話したいから、お兄様はお茶とケーキでも持ってきてよ」

仲の良い兄妹の、気安さからだろうか。クラリスはデュマース家の当主であるはずのリカルドに、まるで使用人のようなことをしろと言った。

「お前な……」

「良いから。せっかくこうして私に挨拶に来てくれたのに、おもてなしもしないなんてできないでしょう。それに……正直に言うと、お兄様邪魔なの。女の子二人の会話聞いて楽しい？」

「はー……わかったよ。ケーキと、お茶だな」

赤い髪を掻《か》きながら、リカルドはスイレンにすまなそうな目配せをしてからクラリスの部屋を出ていってしまった。

「スイレンさん。こっちに来て。椅子に座って」

誰かに命令することに慣れている人間特有の口調で、ベッドのすぐ近くにある椅子を指差しながらクラリスは言った。

戸惑いながらも彼女の指示に従い、椅子に座ったスイレンにベッドの上を移動して近づいた。

その時、クラリスからふわっとどこかで嗅いだことのある香りがした。

(なんの……匂いだったかしら)

遠い記憶の中に、ハーブのような香りに覚えがあるような気がするのに思い出せない。

思わず、考え込んでしまったスイレンに、クラリスはきっぱりとした口調で言った。

「あなた。お兄様のこと、好きなんでしょ」

ズバリ核心《かくしん》を突いた言葉に、思わずこくりとスイレンの喉が鳴る。

(もしかして、平民は貴族には相応《ふさわ》しくないから。近づくなという話かしら……?)

緊張しながらも、彼女の問いに一度大きく頷いたスイレンにクラリスは片手を振った。

「ちょっと、待って。私あなたが思っていることわかったわ。そう言いたい訳じゃないの。お兄様のことが、好きなんでしょ?　だったら、私は協力を惜しまないわ」

そう言ってから、茶目《ちゃめ》っ気たっぷりに片目を閉じたクラリスをスイレンは啞然《あぜん》とした表情で見返した。

思いもよらなかった展開に驚き、目を見開いたスイレンに、クラリスは肩を竦めて言葉を重ねた。

陽に当たらずとも生活できる身分特有の透き通るほど白い肌に、よく動く形の良い薄紅《うすべに》色《いろ》の唇。

「お兄様には……親に幼い頃決められた婚約者が、いるんだけどね、パーマー家のイジェマという、いけすかない嫌な女よ。なんて説明すれば、いいのか。お上品で都会的なお嬢様だから、竜のことは恐ろしい化け物だと言って憚らない。お兄様が小さな頃からの憧れだった竜騎士として働いていることも、泥臭いと言ってバカにしているのよ。信じられない」

早口に一息に言い切って、クラリスは間近に立っているスイレンを見つめた。

「それが……お兄様を大事に思っている、ただ一人の血の繋がった妹の私には、すっごく気に入らない訳。たとえ嫌な小姑《こじゅうと》と言われようが、あの女が嫁に来たらこの体が許す限り、対抗して文句言ってやろうと思っていたんだけど……あなたが来てくれて、本当に良かったわ。ぜひ、私も協力するから。あの真面目な堅物が親に決められた婚約を解消するように、心を射止めてちょうだい」

言い終わった後にクラリスは、はあはあと荒い息をついた。

クラリスの苦しそうな様子を見て、スイレンは慌てて呼吸を整えようとしている彼女の背中を撫でた。近づくとやはり、何かすっとしたハーブのような覚えのある匂いがする。

「ごめんなさい。ありがとう……もう、嫌になる。こんな、言うことの聞いてくれない体。大嫌いよ……お兄様の迷惑になるだけだもの。もう、いっそ死んでしまいたい……」

「クラリス様……」

項垂れてしまったクラリスの目の前に、彼女を慰めようとしたスイレンは魔法の花を咲かせた。

ぽんっぽんっと軽い音を立てて、宙に色とりどりの花が咲いていく。

「なっ……何……えっ!?　これって、もしかしてあなたが？」

部屋の中に魔法の花が咲き乱れていく様子を目を丸くして驚くクラリスは、微笑んでいるスイレンの顔をまじまじと見つめた。

そうしている間にも魔法の花は数を増やして、彼女のベッド周辺を埋め尽くしてしまいそうだ。

「はい。私です。あの……私、この花魔法しか満足に使えないんですけど。クラリス様の心が和《なご》むのなら、いつでもこのお部屋をお花でいっぱいにしますね。だから、もう死にたいなんて言っちゃダメですよ」

ぽとりと最後にクラリスの膝の上に大きな白い花を落として、スイレンは彼女の手を握った。

「本当に……素晴らしいわ。これは、本物のお花なの？」

「生花は、種から咲かせないと無理なので……これは、魔法の花です。時間が経てば幻のように、消えてしまいます。もし、生花が良ければまた後で届けますね」

「ううん……それは、構わないわ。だってこの花が消えてしまったら。また、スイレンさんがここに来て、咲かせてくれるんでしょう？」

「ええ……もちろんです。クラリス様」

（気分が持ち直したみたい……良かった。クラリス様は、本当にリカルド様に似ている……髪の色も、同じだし……）

それだけで。ただ、それだけの理由で初対面とは思えぬくらいの好意を、彼女に持ってしまう。

そうした思わぬことでも、スイレンはリカルドに恋をしているのだと、何度だって思い知らされるのだ。

「ありがとう。あなたは優しいのね。ぜひ、お友達になってね。そして、いつか……お義《ね》姉《え》様と呼べる日が来るのを、楽しみに待っているわ」

意味ありげに微笑んだクラリスの言葉の意味を遅れて理解したスイレンは、時間差で頬を赤くした。

⚜

二人がひとしきり話し合った後もお茶とケーキを持ってくるはずのリカルドは、なかなか部屋へと戻ってこなかった。

兄の帰りがあまりにも遅いと言って、クラリスはスイレンに彼を迎えに行かせた。

（厨房への道順は大まかに聞いたけど……一度、誰かに確認した方がいいかもしれない）

スイレンがそう思ったのは、デュマース邸があまりに大き過ぎて広過ぎるからだ。スイレンは、元来た道を辿って正面玄関へと急いだ。

それでは階段を下りよう、としたところで、スイレンは何人もの興奮した女性たちの高い声を聞いた。

リカルド様と呼びかけている声も聞こえてくるので、きっと捜していたリカルドもそこにいるんだろう。

そっと、階段の上から騒がしい階下の様子を窺った。

「……本当に、申し訳ないが。今日は、どうしても時間が取れないんだ」

リカルドは、どうして断ろうかを困っている様子で彼女たちにそう言った。

「リカルド様。私たちとても心配をして、ここのところ眠れぬ夜をずっと過ごしておりました。ぜひ、ガヴェアでの出来事をお聞きしたくって。先ほど、本宅に帰られたという話を偶然聞いて来ましたの。ほんの少しだけでも、構いませんから……」

どうして断ろうかと思いあぐねている様子のリカルドと、彼に詰め寄る三人のいかにも貴族といった風情の着飾った美しい令嬢たち。

きっと、敵国からの生還を果たした彼に詳しい話が聞きたくて、こうして屋敷まで押しかけてきていたのだろう。

あんな風に令嬢たちに囲まれている様子を見ると、リカルドはこの国で英雄と呼ばれて本当に人気があるんだということが窺えた。

ガヴェアでは敵国の戦犯であるということもあり、彼に近づく人間はスイレン一人以外いなかったように思う。けれど、あれだけ見目が良いのだ。

きっと、スイレンが知らないだけで、誰かから熱い視線で見つめられることもあったんだろう。

そう思うとつきんと、胸が強く痛む。

（きっと、あの人にはたくさんの選択肢があって、それを選ぶのはどういった理由なのかわからない。けど、選ばれるのはきっと私ではないんだわ）

平民と貴族なのだから、それは当たり前のことだ。けれど、そう思うと、切なくて悲しくなる。

そして、浅ましくも思うのだ。

（あの人が……まだ檻の中にいたなら、私だけのものでいてくれただろうか）

音を立てないように注意してその場をそっと離れたスイレンは、クラリスの部屋へと戻り、リカルドの姿を見つけることはできなかったと笑顔で嘘をついた。

帰りの馬車の中で、スイレンはクラリスから、時折香るハーブの香りについて考えていた。

（絶対に、どこかで嗅いだことのある匂い……もしかしたら、ガヴェアではたまに聞いた呼吸器系に影響を及ぼす魔植物《ましょくぶつ》がクラリス様の喉に絡みついて。だから、満足な呼吸ができずに体調を崩しているのかもしれない）

以前、花の種を仕入れる先の店主に聞いた話を、スイレンが思い出していた。

風に乗って飛んでくる小さな種が、口の中から入ってきて起こるという呼吸障害だ。魔植物が自生しているガヴェアではたまに起こることで、治療法も既に確立されている。

喉に絡みついた魔植物の苦手な花の蜜を、口から体に取り入れるのだ。そうすれば、体の中で呼吸を邪魔している植物はすぐに枯れてしまう。

（確か、治療に使われる花は……高山にある植物で……黄色い花の）

「スイレン」

黙ったまま考え込んでいたスイレンは、前の座席に座ったリカルドの訝《いぶか》しむような声に我に返った。

「あっ……リカルド様、申し訳ありません。考え事をしていて」

「いや、なんでもないからいい。ただ、悩んでいるようにも見えたから」

気にすることはないと優しく微笑むリカルドは、妹の快癒《かいゆ》を願っているはずだ。

「……あの、あくまで……推論《すいろん》なんですが。私、クラリス様の病気を治すことができるかもしれません」

「え？　……どういうことだ？　スイレン」

驚くリカルドに、スイレンは先ほどから考えていた推論を丁寧に語った。

もしかしたら、風に乗ってガヴェアの方面から長い距離を旅してきた魔植物の種子が何かの拍子に、クラリスの口に飛び込んでしまったのかもしれない。

リカルドは思ってもみなかったであろう話を聞いて、スイレンをまじまじと見つめた。

「その。高山にあるという、黄色い花の蜜が治療に必要なのか……」

「そうです。それさえあれば、クラリス様の呼吸は楽になると思います。起き上がることも、できるようになるのだと思います。リカルド様が良ければ、どうか高山に連れていってください。私になら、どの花が効くのか、見ればわかると思います」

できるだけ早く取りに行こうと言い募るスイレンに、うーんとリカルドは腕組みをして考え込むようにした。

「しかし……この辺りで高山があるといえば、大抵ガヴェアの周辺だ。魔物も出てきて、危険もある……そんな場所に、か弱い君を連れてはいけない。もし、既存の薬があるなら購入して手に入れた方が、安全でいいのではないか」

「……戦争が終わったばかりで、流通もどうなっているか。いつ、手に入るかもわかりません。今のクラリス様の様子から、治療をするなら早い方がいいのではないかと」

「まあ……少し待ってくれ。俺も国に帰ったばかりで、竜騎士としての雑務もある。また考えてみよう」

リカルドは苦笑して、自然な手付きでスイレンの髪を撫でた。最後に栗色の長い髪の一束を掬《すく》うようにして、名残《なごり》惜しそうに肩へと落とした。

「クラリスと、仲良くなったんだな」

「はい。とても、可愛らしい方ですね」

「……あいつは、気難しいところもあるがな。兄の欲目だと言ってくれてもいいが、性格は悪くないと思う。これから、長い付き合いになるだろう。二人とも、仲良くしてくれると嬉しい」

「わかりました」

すんなりと彼の言葉に頷いたスイレンに、リカルドは慌てて言った。

「もちろん。俺が言ったからと、無理はしなくてもいいぞ。俺はスイレンもクラリスもどちらも大事だ。二人が上手くいかないなら、それなりの対処だって考えよう」

大事だと言われたことが、その言葉が嬉しくて、涙が滲《にじ》みそうになる。

（この人が笑って、自分に話しかけてくれる今が信じられないくらい幸せなのに。それなのに。これ以上を求めてしまうなんて……何も、持っていなかったことが当たり前だったのに。なんて……欲張りになってしまったんだろう）

第四章　広い世界

家に仕事を持って帰っていると言っていたリカルドも、もう既に寝てしまっているだろう早朝に近い時間。

今この時を眠らずにじっと待っていたスイレンは、音を立てないように慎重にそっと扉を開けた。

腕にはこの国に来る時に、竜の高速飛行に耐えられるようにとブレンダンに借りたままの魔道具を嵌めていた。

大きな満月が浮かび、じっくりと見るヴェリエフェンディの空はなんだか広い気がした。そうして、スイレンは生まれ育ったガヴェアとの違いに気がついた。

（王都の高い建物に囲まれていた場所に住んでいた時、私は本当に狭い世界にいたんだわ。あの人と出会って、恋をして私の運命は本当の意味で回り始めた気がする。不幸だと思っていたものすべてを、帳消しにしてしまえるような。そんな……）

澄んだ冷たい早朝の空気の中で、ゆっくりと深呼吸をしてから心の中で願った。

（ワーウィック、お願い来て）

どこかで、高い鳴き声がした気がした。

それまで、いつでも呼んでくれていいと言っていた竜が、本当に自分の元に来てくれるのかと半信半疑だった。

（早朝だから、ワーウィックも寝ていたかも……悪いことをしちゃった）

けれど、スイレンは呼吸が思うようにできなくなって不自由な思いをしているクラリスを、どうしても早くに助けてあげたかった。

巨大な竜舎の方向から、夜空の黒より深い影が近づいてきた。

影と見つめていたスイレンの近くにまで来ると、ワーウィックは急制動して大きな身体を地面へと下ろした。

スイレンを見て、キュイっと可愛らしい声で鳴いた。

「ワーウィック。あのね。お願いがあるの。クラリス様を助けるために、薬となる薬草の生えている高山まで、連れていってもらえる？」

両手を組んでお願いをすると、ワーウィックはもちろんっと言いたげに胸を張った。

了承を表すようにスイレンが自分の体に登りやすいようにと、体を傾けて倒してくれる。

今は安定して騎乗できる鞍はないが、鞍をつける前段階の簡易的なものなのだろうか。革で造られたロープが幾つか付いた金具が、身体に留められている。

（これにしがみつけば、なんとかなるかな……）

上空を飛行するには心許《こころもと》ないとは言え、もう何か策を悩むような時間もない。

「行こう。ワーウィック。あなたと一緒なら、きっと夜明けまでにはここに帰ってこられるわ」

ワーウィックは、ふわっと飛翔した。

必死にロープにしがみついているスイレンを落とさないようにと、気遣いながら浮上した。

上空に向かうにつれて、どんどんと空気が変わる。

（今まで、誰かと一緒に騎乗していたから気にしていなかった。こうして、竜に乗って飛んでいると、空気抵抗が……）

スイレンは、これまで竜に騎乗する際には必ず誰かに支えられて乗っていたし、不安になることなど少しもなかった。今は安定している鞍もないし、落とされたくなければワーウィックにしがみつくしかないのだ。

これでも、ワーウィックは自身が使うことのできる最上級の保護魔法を与えているのだが、それはただ騎乗しているスイレンには知るよしもない。

（こんな勝手をして、リカルド様は怒るかもしれない。でも、大事なクラリス様の病気が治ってしまうなら、きっと喜んでくれるはず）

そうしたら、花が咲くような笑顔で自分を褒めてくれるかもしれないと思うと、胸が高鳴った。

スイレンはリカルドが喜んでくれるならなんでも、してあげたかった。何も持たない役にも立たない自分を、こうしてこの国にまで連れてきてくれて、家族になろうと言ってくれた彼に。

何かしてあげられるなら……なんでも、そうなんでもしてあげたかった。自分のことなんて、いくら犠牲にしても。

⚜

高速移動と言わないまでも、かなり速い速度で飛行していたワーウィックが、急に速度を落とした。

そのことに気がついたスイレンが顔を上げれば眼下に広がるのは、標高の高い山がいくつも連なっている白い山脈だ。

ワーウィックは先ほど願った通りに、スイレンをここまで連れてきてくれたらしい。

「凄い……本当にすぐだったわ。ありがとう。ワーウィック」

感心して感謝したスイレンの声に、ワーウィックはキュルっと鳴いてスイレンを振り返った。(これから、どうする?)と言いたげな彼に、スイレンは頷いて下を指差した。

「そうね……ワーウィック。下りるのは、あの山にしましょう。あそこなら、岩場も多そうだし……必要なあの花が、咲いている可能性も高そうだわ」

大きく頷いたワーウィックは、スイレンの示した方向通りにゆっくりと下降を始めた。

危なげなく降り立った山頂辺りの岩場にほど近い草原で、ワーウィックから降りたスイレンは低い気温にふるりと身体を震わせた。今まで寒さを気にしないでいいほどに暖かく感じていたのは、火竜である彼の体に触れていたおかげもあったようだ。

あの花の話を聞いたのは、かなり前のことだった。

(魔植物を嫌う花は、高地にある岩場に咲き鮮やかな黄色をしていると言っていたわよね)

スイレンは、目を凝らして山頂へと続く岩場を見つめた。白い岩場が広がる中に、小さくて見逃しそうだった鮮やかな黄色が目に入った。


(きっと。あの花だわ!)


思っていたよりも早くに目的が達せられそうだと気が急いていたスイレンは岩場をなんとか登り切り、手を伸ばして花を採ろうと茎を持った。

その時。目の前の岩場にある暗い裂け目に気がついた。

驚き身体のバランスを崩したスイレンは、そのまま裂け目へと吸い込まれるように倒れ込んでしまった。恐怖の悲鳴を上げる前に、意識も闇に飲まれる。

完全に意識を失ってしまう前に、岩場の下でスイレンを待っているはずのワーウィックが「キュー、キュー！」と、悲しそうな声で鳴いたのを聞いた。


「……イレン、スイレン」

まるで燃えているような赤髪が、うっすらと磨り硝子《すガラスご》越しのような視界に入る。それに、ひどく温かい。まるで贅沢《ぜいたく》にお湯を使った、お風呂に入っているかのよう。

（あったかくて気持ちよくて……できるなら、ずっとこのままでいたい）

ぼんやりとした意識の中で、自分を呼ぶ声の主が誰か気がついたスイレンは舌っ足らずに呟いた。

「ん……りかるど、さま？　どうして……？」

意識を取り戻したばかりでなかなか回らない頭で、スイレンは必死に考えた。何故、彼の声がこんなに近くに聞こえているのか、理解できなかったからだ。

「どうして、じゃない。君が無茶をしたと聞いて、肝が冷えた。ワーウィックを勝手に使うなとは言わないが、こうした時には、必ず俺も同行する。二度目は、ないぞ」

夢じゃないと気がついたスイレンは、慌ててパッと顔を上げ、言葉も出ないほどに驚いた。

リカルドは逞しい上半身を、露わにしていたからだ。そして、その胸に抱かれている自分も。

動きやすいと思って着てきたシャツを脱がされて、薄い下着を纏っているだけだ。そして、彼ごと一緒に温かな大きなマントに包まれていた。

「キャっ……」

あまりの状況に悲鳴を上げかけ離れようとしたスイレンは、逆にぎゅっと抱きしめられた。頰に当たる厚い胸板は鍛えられた筋肉で盛り上がり、固そうに見えるが見た目より柔らかい。

こんなにも温かく思うのは、当たり前のことだった。リカルドが、その身を以《もっ》てスイレンに体温を分け与えていてくれていたのだ。

「まだ、ダメだ。君は雪山の中でも一層寒いこの場所で、低体温症《ていたいおんしょう》になりかけていたんだ。凍死《とうし》する、寸前だったんだぞ。ワーウィックの泣き声が、頭の中で聞こえた時には焦った。あいつは全速力でヴェリエフェンディまで帰って、俺を連れてここまで往復して帰ってきたんだ。後で良いから、褒めてやってくれ」

彼の言葉を聞き自分が意識を失う直前までの出来事を思い出して、スイレンは顔を青くした。

「あのっ……ごめんなさい。どうしても、クラリス様に薬となる花を持って帰ってあげたくて、私……ごめんなさい」

泣きそうな声で、スイレンは何度も謝った。

（喜ばせるつもりだったのに。逆に、彼に迷惑をかけてしまった）

どうしようどうしようと、頭の中はから回る。けど、全く解決策は見いだせない。

それよりも、今のこの状況が恥ずかし過ぎた。彼の肌は熱いくらいで、それがまた気持ち良くて、きっとスイレンの顔は、茹《ゆ》で蛸《だこ》より赤いに違いない。

これは非常事態で人命救護なのだし、彼は竜に選ばれてしまうくらいに高潔な人だ。

（きっと……リカルド様は、私の体など見ても何も思わないに違いないのに。自分だけこんなに意識してしまって……恥ずかしい）

「ああ。そうだな。君が言っていたことを、俺が真面目に聞いてあげていたら良かった。もうこんなことは……一人で突っ走ってしまうことは、絶対にしないって約束してくれ。倒れている君を見た時……心臓が、止まるかと思った」

リカルドに強い力でぎゅっと抱きしめられて、大好きな彼に心配されていると思うと、どうしても申し訳なさより嬉しさが勝ってしまった。

「ごめんなさい……リカルド様」

心配をかけたというのに、喜んでいる自分が恥ずかしくて顔を伏せたスイレンに、リカルドは大きな手で頭を撫でてくれた。

「もう、いい。君が採ってくれた花は、ちゃんと保管しているから安心するといい」

その言葉を聞いて、スイレンはほっとしてリカルドの胸に体を預けた。


大きなマントの中でどうにかしてシャツを着ると、その上から急遽《きゅうきょ》摑んで持ってきたというリカルドの冬用の服を着せてもらい、スイレンは岩場の割れ目から抜け出ることができた。

岩場の下には、心配そうな様子でワーウィックが待っている。スイレンの姿を見て安心したのか、大きな鳴き声を上げた。

リカルドの手を借りて慎重に岩場を下りたスイレンは、大人しく待っていたワーウィックに駆け寄った。

「ワーウィック。ごめんね。リカルド様を連れてきてくれてありがとう」

キュウキュウと甘えるように鳴きながら頭を下げたワーウィックの頰を、ゆっくり撫でる。その背には、もう鞍が付いている。

きっと、またあの竜舎にいる騎士見習いの男の子たちが、頑張って取りつけてくれたんだと思うと、こんな早朝に申し訳ないと思うと同時に微笑ましかった。

「……今度からは、デートする時は絶対に君から離れないと言っているぞ。ワーウィック。これは、デートじゃないだろう。スイレンは、ただ単に高地にある薬になる花を採りに来たかっただけだ」

少し不機嫌な様子でそう言い放つと、リカルドは慣れた動作でワーウィックに飛び乗った。

「スイレン。手を」

「はい」

手を差し出したスイレンを、片腕だけで体重を感じさせない動きで引き上げると、ワーウィックは一気に急上昇して風に乗った。やはり、こうしてリカルドが傍にいると、安心感が全然違った。

帰り道に、せめてものお詫《わ》びにとワーウィックに花を出してあげると、もっともっととねだられた。

ヴェリエフェンディの王都に辿り着くまでにすっかり満腹になってしまった火竜に、リカルドはあまり食べると太るぞと呆れた顔をしていた。

スイレンがそうではないかと睨んでいた通りに、高地にあった花の効果は、早々にクラリスの身体を楽にした。

だが、帰ってきたあの後に体調を崩し、ひどい風邪をひいてしまったスイレンに代わって、リカルドが正確な使い方なども含め、色々とあの花について調べてくれたようだ。

魔植物の知識のある高名な薬師に、花の蜜を薬にしてもらい、それを飲んだクラリスの体内にあった呼吸を邪魔していたものは、首尾よく枯れてしまっていた。

今日は回復したクラリスがこの前とは逆に、熱が下がってもリカルドから絶対安静を申しつけられているスイレンの部屋へとお見舞いに来てくれていた。

「……それで、その薬になる花を採りに行っていた時に何があったの。スイレン。今、お兄様にすごくぎこちないでしょう。お兄様もなんだか、初々しく遠慮しているみたいだし。私の薬を取りに行った時に、何かがあったんじゃないの」

「その……実は」

クラリスの鋭い指摘に対して、スイレンは圧倒されていた。

彼女には、きっと隠し事はできない。

あの高地の岩場であった出来事を根掘り葉掘り聞かれ、正直にあったことを答えるスイレンの言葉を聞いて、妙ににんまりとした顔でクラリスはふふんと微笑んだ。

「そう。そうそうそう。寒い中で、上半身を裸で温め合う……ね？」

「あのっ……リカルド様は、非常事態だったからそうしてくださっただけで……」

（もしかして……何か、誤解を与えてしまったのかもしれない）

身内である兄のそんな話を聞いても、なんとも微妙な気持ちだろうに、クラリスは上機嫌に笑っている。本当に、この前の息を切らせていた様子が嘘みたいに元気だ。

まじまじと自分の顔を見つめているスイレンの視線に気がついたのか。クラリスは、立ち上がってからくるりと回った。可愛らしい紺色のスカートの裾が、ふんわりと舞った。

「ほら。見て。頑張ってくれたスイレンのおかげで、こんなにも元気よ。結構な期間、動けなかったから、まだまだ体力はないけど。あの時みたいに、ちょっと喋りすぎたからって息が切れたりしない。こうやって、体を動かしても全然平気。本当にありがとう。スイレン」

両手を組んで祈り出さんばかりのクラリスに、スイレンは両手を振った。

「ワーウィックと、リカルド様のおかげです。私はガヴェア出身なので、魔植物の対処法を知っていただけなので。あの、クラリス様を元気にできて、本当に嬉しいです」

クラリスはスイレンの言葉を聞くと、腰に手を当てて、膨《ふく》れっ面をした。

「まあ……何を言っているの。ガヴェアでも、檻の中にいたお兄様の心を救ってくれたんでしょう？　早朝に現れるスイレンだけが、心の支えだったって言っていたわよ。これは、もう結婚するしかないわね。そう思わない？」

クラリスの爆弾発言《ばくだんはつげん》に、スイレンは目を丸くした。

(彼には……彼には、とても美しい婚約者がいるのに)

誤解をさせてしまったら申し訳ないと、スイレンは困った顔をして言った。

「それは、私が勝手にしていたことで。リカルド様は、檻の中で逃げようがなくて……それに、リカルド様には婚約者が……」

「あんな、目立ちたがり屋で潔癖症の女だいきらい」

伏し目がちにして答えたスイレンに、クラリスは件《くだん》のリカルドの婚約者イジェマを一刀両断にした。思いもよらぬ言葉にはっとして顔を上げたスイレンに、クラリスは意味ありげに笑った。

「ねえ。お兄様のこと、好きなんでしょ？　頑張ろうよ……私は、全面的に応援するからさ」

「クラリス様……でも。私、平民ですし、元々が敵国ガヴェアの人間です。この国の英雄であるリカルド様とは……」

「そんなの、別に関係ないわよ」

リカルドとは身分も違い過ぎるというスイレンの気弱な主張を、クラリスはすげなく遮った。

「だって、お兄様。絶対に、スイレンのこと気に入っているもの。亡きお父様が未だ当主で、生きていたなら。そりゃあ、反対されたら動けなかったかもしれないけど、今のデュマース家の当主はお兄様なんだから。あの人が家長で、全権を握っているもの。他の誰が反対しても、なんの意味もないわよ？　万が一親戚が反対すれば、家門から追い出すと言われたら仕舞いだわ」

「クラリス様……」

「ダメだったら、私がスイレンに相応しい男の人を見繕ってあげる。あ！　でも、お兄様と仲のいいブレンダン・ガーディナーは、もちろん対象外よ？　顔と口の調子はいいかもしれないけど、あれは絶対に女の敵だからね」

綺麗な顔で眉を寄せつつ女の子なら誰しも好感を抱くだろう容姿のブレンダンをも、すっぱりと扱《こ》き下ろした。

クラリスの言葉の勢いに押されるようにして、スイレンはこくこくと頷く。

「僕が、なんだって？」

低い声のリカルドより、高めの響きのいい声がして、難しい表情をしていたクラリスは、一瞬のうちに嫌な表情になった。

「ちょっと……スイレンは未婚の女の子だし、自室で寝巻き姿でいるのよ。親族でもない人が、本人に断りも得ずに堂々と入ってこないでちょうだい。それに、どうやって入ってきた訳？　勝手に仲のいい同僚だからと家へと入ったのなら、それは不法侵入よ。誇りある竜騎士がそんな罪状で捕まったら、世間はなんて言うのかしら」

クラリスにトゲのある声で非難されたブレンダンは、両手で抱えて持ってきた大きな紙袋をテーブルに置きながら彼らしく飄々として答えた。

「スイレンちゃんの寝巻き姿なら、もう既に見たことあるし。君も知っている通り、僕はリカルドとは付き合いが長くて仲のいい同期だ。そして、さっきメイドのテレザさんにはきちんと断って入ってきたし。なんの法も犯してない」

「はー？　テレザったら、何をしているのよ。絶対、一番入れちゃダメな人間でしょ」

「君は、本当に変わらないね……身体を壊して、少しはお淑《しと》やかになったかと思えば。久しぶりに会った人を、そうやって全否定するのは良くないよ……」

決めつけられたことに呆れたような表情を見せて、はーっと大きく息をついたブレンダンに、目を細めたクラリスは食ってかかった。

「よく言うわよ。持って生まれた外見で女性に好かれるからって、いい気になっているといつか痛い目に遭うわよ。スイレンに手を出したら、わかっているわよね？」

脅すようにして詰め寄ったクラリスに、ブレンダンは両手を上げて降参《こうさん》のポーズをした。

「はいはい。クラリスが思っているような形では、僕は手を出さないよ」

「ちょっと……どういうことよ？」

彼の言葉の意味を測りかねたのか、訝しむようにして首を傾げたクラリスに向けてブレンダンは笑った。

「貴族で英雄のリカルドの奥さんになることよりも、僕みたいな商家の嫁になる方が人生の中で感じる重圧は圧倒的に少ない。僕は一人っ子だし、生涯竜騎士でいるつもりはないからね。ある程度の年齢が来れば、店を継ぐために竜騎士は引退する。リカルドより、この僕と一緒にいた方が平民のスイレンちゃんには気が楽だろ？」

自分を選ぶことによる好条件を並べるブレンダンの顔を、クラリスは眉を顰《ひそ》めて見つめた。

「……ブレンダン・ガーディナー。きっと、そう思っているだけじゃなくて、何かを企《たくら》んでいるでしょう。私は、誤魔化されないわ」

彼女の言葉に何も返さずに、肩を竦めたブレンダンは、ベッドの上で二人のやりとりに唖然としていたスイレンに向き直った。

「元気になっているみたいで、良かった。熱を出したと聞いたから、心配していたんだ。スイレンちゃん。今日はね。実はお見舞いだけじゃなくて、仕事の話もしに来たんだ。もし良かったら、僕の実家であるガーディナー商会で働かない？」

「……ちょっと、何言っているの」

いつものように軽い調子で仕事の話を口にしたブレンダンに、クラリスはより表情を険しくした。

「あ、あのっ……私、働きたいです！　お願いします！」

ブレンダンの提案を聞いて、悩むこともなくすぐにそれを希望したスイレンに、クラリスはまた表情を曇らせた。じろっと原因となったブレンダンを睨みつけてから、何かを言いたそうにしていた。

「そうだよね。そう、言ってくれると思っていた。スイレンちゃんは、確か種から花にすることもできるんだよね？　ガーディナー商会は、女性のドレスとか夜会なんかで身につける貴金属《ききんぞく》を主に扱っているんだ。そんな店だから、店内を彩る花はいくらあってもいいんだ。注文した分は、すべてこちらが買い取るからさ。損をすることはない。お試しでもいいから、働いてみて」

「はい！」

思ってもいなかった嬉しい仕事の斡旋《あっせん》を受けて、スイレンは勢いよく大きく頷いた。

ブレンダンの隣にいるクラリスは、可愛らしい顔なのに苦虫《にがむし》を嚙み潰したような表情になりとても不満そうだ。

兄とスイレンをくっつけようと思っている彼女の言わんとしていることは、理解しているのだが、スイレンはそれが叶わなくても、この先ずっとデュマース家で世話になるつもりはなかった。

できるのなら、自分が唯一自在に使える花魔法を使って、ある程度のお金を稼げるようになりたいと、そう考えていたところだった。

だから、先ほどのブレンダンの提案は、スイレンにとって願ってもないことだった。

「とりあえず、今は身体を良くすることを考えて。そこにある紙袋の中に、手紙と筆記用具を買ってきているから。もし、僕に連絡を取りたい時は、リカルドに手紙を渡してくれたら良い。あいつとは、どうせ嫌でも職場で会うことになるからね」

「ちょっと！　お兄様を、配達人にするつもり？」

他の男への手紙を兄に運ばせるなんてと、驚いた顔をしたクラリスにブレンダンは余裕ある様子で微笑んだ。

「リカルドが断るのなら、別にいいよ。手紙を届けてくれる方法を、他に考える。クラリスも少しは令嬢らしくして、大きな声を出すのは、やめた方が良いんじゃないかな。じゃあね。スイレンちゃん。お大事に。手紙を待っているよ」

手を振って器用に片目を閉じると、ブレンダンは颯爽《さっそう》として扉に向かい去っていく。

「……ブレンダン・ガーディナーなんか、信用したらダメよ。きっと、何かを企んでいるんだから……」

「クラリス様。私を心配してくださって、ありがとうございます。でも……私は平民ですし、小さな頃からずっと働いていたせいか、何かをしていないと、なんだか落ち着かなくて……だから、ブレンダン様のご実家のお店で働かせていただけるかもしれないと聞いて、嬉しいんです」

瞳を輝かせて喜んでいるスイレンに、クラリスは難しい顔をした。

「とにかく……お兄様に、聞いてみましょう。きっと、お許しにはならないと思うわ」

本人が望んでいるとわかっていても、どうしても事の成り行きに納得のいかない様子のクラリスに、ベッドの上のスイレンは困った顔をして微笑んだ。

クラリスは、兄のリカルドが帰ってくる時間までは待つと言って、長い時間本宅には戻らなかった。こうして、身体の不調を気にすることなく、外出ができるようになったのが本当に嬉しいらしい。

明るい性格の彼女の、くるくると変わっていく表情を見ているのは、それだけでスイレンには楽しかった。

ガヴェアにいた頃は、引き取られた叔母の家で冷たく当たられていたスイレンに、自分たちには関係のない余計な事情に巻き込まれたくないと思ってか、周囲の人は遠巻きにしていた。

そんなスイレンに向かって、屈託なく笑って話してくれるクラリスの身体を治療することを手伝えたことは、本当に嬉しかった。

「もうっ……何をしているのかしら。お兄様、本当に遅いわね」

リカルドの帰宅が遅く焦《じ》れているクラリスは立ち上がり、とっぷりと暮れている窓の外を見た。

今朝、リカルドは仕事に行く時に、スイレンが心配だから遅くならないように帰ってくると言って出かけていたから、何か急な仕事が舞い込んだのかもしれない。

貴族であるクラリスは、そろそろ本宅に向けて出発しなければならない時間のようで、彼女に付き添っている影のような黒髪の侍従から、急かされる間隔が短くなってきた。

彼は貴族令嬢であるクラリスの護衛も兼ねているらしく、黒髪黒目を持つ細身の美しい少年だ。ただ、鋭利《えいり》な刃物を思わせるような鋭い目付きをしている。

もちろん、彼は警護対象の貴族令嬢であるクラリスを守らなければならないので、彼女の傍にいる誰に対しても警戒をするのに越したことはないだろう。

だが、たまにベッドに座っているだけのスイレンにも威嚇するような目線を投げた。スイレンはいた堪《たま》れなくなって、何も悪いことはしていないはずなのに、どこかへ逃げ出したくなってしまった。

「クラリス様。そろそろ……」

「あーもー、うるさい。わかったわよ！　アダム。スイレン。私もう帰るけど、ガーディナーの実家の店で働くのは、反対だからね」

クラリスはそう言い放ち、可愛い頬を膨らませながら帰ってしまった。

病床にあったスイレンは、見送りに出ることは彼女自身に止められたので、せめてもと思い、窓から手を振った。

馬車に乗り込む前のクラリスは、偶然家の方向を振り返り、スイレンに気がついて、笑顔で振り返してくれた。

クラリスは、本当に可愛い。

病気であった過去を全く感じさせない、陰りのない屈託ない笑顔は、満開の花を思わせる。兄のリカルドの端整な顔の造作とは、本当によく似ていて、彼と兄妹なんだということが一目でよくわかる。

彼とは未来に結ばれることがないとわかっているスイレンには、それが、そのことがとても羨ましい。

どうせ、叶うことが無理だとわかっている恋なら、血の繋がりなどわかりやすく諦める理由があれば、諦めることができるのだろうか。

窓の外に、大きな竜の黒い影が見える。

リカルドが、ワーウィックに騎乗して家に帰ってきたようだ。

（いつもは、竜舎でワーウィックの鞍を外してから、家に帰ってくるはずなのに……？何か、急用でもあったのかもしれない……）

いつもとは様子の違う彼らの行動に、不思議になってスイレンは首を傾げた。

彼らが家の前に舞い降りて少しだけ時間を置いて、ガタガタと乱暴な足取りで階段を上がってくる大きな音がした。

「スイレン！　スイレン！」

美しい赤い髪をした男の子が、扉を開け遠慮なく部屋へと入ってきて、ベッドの上にいたスイレンに抱きついた。

驚いて彼を見下ろすと、とても可愛らしい綺麗な顔をしている。

今までにスイレンが見たこともないほどに美しく、まるで人形のように整っている。そして、髪の色はリカルドたちの兄妹の明るい赤とは違い、より色が濃い紅色だ。

「帰ってきて早々。いきなり、何をやっているんだ。お前は」

少年の後から部屋へと慌てて入ってきたリカルドは、紅色の髪の男の子の首根っこを摑み簡単に持ち上げると床の上に立たせた。

（この子は、誰なの？）

親しげな様子を見せる美少年の正体が思い当たらずに、目を丸くして驚いているスイレンに対してリカルドは、ふうっと大きなため息をついた。

「スイレン。これは、ワーウィックだ。俺の竜の」

それを聞いても驚きの表情のままでスイレンは、リカルドとワーウィックと呼ばれた少年を交互に見た。

スイレンが言葉をなくしているのを見て、えへへと言わんばかりに、ワーウィックは、とても嬉しそうな顔をしている。彼とは対照的《たいしょうてき》に、リカルドは面白くなさそうな仏頂面《ぶっちょうづら》だ。

スイレンは、ぽかんとしたままで彼ら二人の姿を交互に見た。

何故、彼の竜の名前がここで呼ばれたのだろう。想定もしなかった事態に、理解が追いついていかない。

(もしかして……あの、大きな火竜がこの小さな少年になったの……？)

「スイレン。驚かせてすまない……こいつは、先の戦争での活躍の褒賞《ほうしょう》をまだもらっていなかったんだ。今日、遅くなったのは、守護竜イクエイアスに褒賞はこれがしたいと頼み込んで、人化の魔法を特別に使えるようにしてもらったんだ」

「スイレン！　これで何があったとしても、一緒にいられるよ！　スイレンが、この前に岩の裂け目に落ちちゃった時、自分で助けてあげられることができなくて本当に辛かった。これからは、どこでも。一緒に、行けるからね」

胸を張ってそう言った小さな少年はとても可愛くて、スイレンは思わず笑ってしまった。

そんなスイレンの笑顔を見て、ワーウィックはとても満足そうに頷いた。

「スイレン。この人化の魔法は、制約が多くて一日に決められた数しか使うことができないんだ。だから、今日はもうワーウィックは竜に戻ることができない。これから、家でもこの姿で過ごすことも増えるだろう。喋り相手をさせてしまうかもしれないが、よろしく

頼む」

リカルドは複雑な表情で、得意げなワーウィックの髪を撫でた。

「もちろんです。これからも、よろしくね。ワーウィック」

「わあ。こうして、スイレンと喋れるのって、本当に嬉しいよ。僕はずっと、スイレンに可愛くて好きだよって、言っていたんだ。リカルドは、ちゃんと伝えてはくれなかったけど」

ワーウィックに不満そうにちらっと見られたリカルドは、面白くなさそうな顔をして、彼の言葉を無視した。

「スイレン。もう、夕食は食べたのか」

「いいえ。まだです。リカルド様。あの……私、そろそろ動いても大丈夫だと思います」

スイレンが彼の言いつけを聞かぬまま、勝手に雪山に行って風邪をひいた。

病み上がりでこうして心配してくれるのは嬉しいが、そろそろ動きたい。

このところ、すっかりベッドの上の住人になってしまっていて、健康なのにこのままでは元の生活に戻れなくなってしまう。

リカルドの意向を伺うように自分の顔を見上げたスイレンに、自分でも心配症に気がついていたのか。彼は、苦笑して頷いた。

このところ、スイレンに対して過保護《かほご》にしていた自覚は彼にもあったらしい。

「……そうだな。今日は、一階で一緒に夕食を食べるか。時間が遅くなってしまって、すまない」

リカルドの言葉を聞いてワーウィックは、スイレンの手を引こうと素早く動いた。その行動を見て、やはりリカルドはムッとした表情になってしまった。

濃淡《のうたん》の違う赤い髪の二人に挟まれながら、なんとも言えない気持ちになりながら、スイレンはゆっくりとベッドから起き上がった。

◆

「……ブレンダンの、実家の店で働く？」

夕食の後、先ほどから続く不機嫌な顔を崩さずに、リカルドはスイレンの言葉を聞き返した。いつもより不機嫌に聞こえる低い声に、スイレンは意味もなく緊張してしまった。

（自分で、自分のお金を稼ぎたい。何か、おかしなことを言ってしまったのかしら）

不安になったスイレンが横に目を向ければ、隣に座っているワーウィックは、スイレンの魔法の花を皿に盛って美味しそうに咀嚼《そしゃく》している。

リカルドがそのまま何も言わないので、スイレンは勇気を出して彼にもう一度先ほどの説明を繰り返した。

「あの……ガーディナー様のお店の内装に、生花を扱うらしいので、私でも何かお役に立てるかと」

「……ダメだ。君は、この家にいてくれるだけでいい。お金のことなら、何も気にしなくてもいい。もし時間が余って何かの趣味を持つなら、俺が金を払おう」

すげなくスイレンがお金のために働くことに反対したリカルドに、ワーウィックはチラリと取りつく島もない彼に言葉をなくしてしまった彼女を見た。

「リカルド。スイレンは、その仕事をやりたがっているよ？　お金を稼ぐことだけが目的ではないんじゃないの。人はどうして、女性を家に閉じ込めたがるの。本当に彼女を大切に思っているのなら、やりたいと思っていることをさせてあげればいいのに。無理に閉じ込めても、その心は離れていく。永遠に、手には入らない。もっとも、リカルドが自分の勝手でスイレンの心が死んでいっても、なんとも思わないなら。僕には、君には何も言うことはないけどね」

ワーウィックは可愛らしい表情のままで、リカルドに辛辣な意見を言った。

あどけない顔からは想像もつかない言葉が飛び出してきて、スイレンは思わず目を見張った。ワーウィックの本当の姿は、もちろん竜だ。

今は可愛らしい少年の姿だが、実年齢はわからない。そして、竜は自分の相棒には、何よりも高潔な精神であることを求める。

リカルドは、何も言わずにガタッと音をさせて椅子から立ち上がった。一瞬見えた悔しそうな表情に、スイレンはどうしても悲しくなった。

（リカルド様にそんな顔をしてほしい訳じゃない。彼には、いつも笑顔でいてほしい。それこそが、私の一番したいことなのに……）

「……わかった。好きにしていい」

リカルドは短くそう言い放つと、背を向けて扉を出て階段を上っていってしまった。その間も、ワーウィックはもぐもぐと皿に載った花を食べながら頬杖《ほおづえ》をついている。

スイレンは、どうしていいか戸惑ってしまった。

ガヴェアでは、こんな風に人と意見を違《たが》えることさえないくらいに孤独だった。だから、こういった時に、何をしたら正解なのかもわからない。

「スイレン。君は、今まで自分が働いてお金を稼いできたんだろう？　もし、そうなら自分で、もう一度リカルドに意見をぶつけてみないとダメだ。確かに、この国での君の庇護《ひご》者《しゃ》は、今はリカルドかもしれない。けど、君は既に立派な働き手だった。自分でこれから自分がどう生きていくかという、道を選ぶんだ……そう、ちゃんと選ばなきゃダメだよ。そして、この世界の中に男はリカルド一人ではないということも、君はちゃんと知るべきだと思う」

途方に暮れてしまった表情をしているスイレンに、ワーウィックは諭すように言った。

リカルド以外の人なんて、スイレンにはとても考えられなかった。

彼の真っ直ぐな茶色の目を思い出すだけで、それだけで、いても立ってもいられなくなるのだ。きっと、もう一生。その気持ちは消えないと、今言い切れるくらいに。

「ふふっ。スイレンは、そういうところも可愛いなあ。僕は、僕たちは……そういう真っ直ぐで善良な人間が、とっても好きなんだ。そうだね、今はリカルドのところに行っておいで……もしかしたら、二人きりで話した方がいいことがあるかもしれないからね」

そう言い終わると、ワーウィックは何事もなかったかのようにモグモグと花を食べる。

スイレンが決意をして椅子から立つと、僕のおかわりだけよろしく、と空っぽの皿を差し出しながらちゃっかりとして言った。

第五章　初仕事

コンコン。

緊張しつつ、スイレンはリカルドの部屋の扉を叩いた。彼は少し時間を空けてから、ゆっくりと開けてくれた。

「……スイレン。どうした？」

急に話を聞いた先ほどとは違い、リカルドも時間を置いて落ち着いたのか。

高い背を屈めてスイレンに目線を合わせて、優しく問いかけてくれた。

スイレンは彼の茶色の目と自分の目が合うだけで、やはりドキドキと胸が大きく高鳴った。

彼の目は、本当にスイレンを落ち着かなくさせる。なんにもしなくても言わなくても。

彼のその目が、心の内に問いかけてくるような錯覚がするのだ。

「あのっ……私。別にこの家にいるのが、嫌な訳じゃないんです。でも、今までずっと働いてきたから。家で何もしないのは、どうにも落ち着かなくて。私には花魔法しか満足に使えないんですけど、それが活《い》かせるお仕事を、どうしても逃したくなくて……」

自分がどうして働きたいと思ったのかを、つっかえつっかえしながらも懸命に話すスイレンの顔を見ながらリカルドは手招きをして、彼女を自室の中に入れた。

家長のリカルドの部屋は、この家で一番良い部屋だ。隣室にあたるスイレンの部屋より広い。家具はほとんどが紺で、ところどころ白色が効果的に使われている趣味の良い部屋だった。

リカルドはスイレンを部屋の中央にあったソファへと座るように促すと、自分はその前方にある大きなベッドに腰かけた。

「……さっきは、すまなかった。俺には、女性を働かせるという考えが、これまで身近にあまりなかったんだ。だから、君を働かせるというのが……どうしても自分の中で抵抗があって……スイレンの話をちゃんと聞くこともなく、頭ごなしに反対してすまなかった」

そうしてリカルドは目を合わせて真剣に言ってくれるので、スイレンは緩く首を横に振った。

（リカルド様は、貴族。自分のように生きるために、毎日働かなければ生きていけないような環境に育ったわけじゃない……それでもこうして、ちゃんと悪かったと謝ってくれて、自分の思いをわかってくれようとしている）

それだけでもう、すべてを許してしまえる。

リカルドは何も言わずにただ微笑むスイレンを見て、何故か苦しそうな顔をして片手を口に当てた。

「スイレン……もう少し、もう少しだけ待ってほしい。そうしたら、君に言いたいことがある」

スイレンはリカルドの言葉を聞いた途端に胸が苦しくなり、どうしても期待をしてしまう心を止められなかった。

彼のことが本当に心から好きで、他には何も目に入らなくなってしまう。

ただただ好きで、勘違いかもしれないと思っても。

それでもどうしても、もしかしてが捨てられなくなってきて。

(彼は私を天国に行かせることも、地獄に落とすことも……その眼差しや、言葉ひとつでできる)

◆

「いらっしゃい。スイレンちゃん。初出勤日だし、緊張するだろう。今日僕は丁度休みだから、付き合うよ」

何度かの彼との手紙のやりとりのうちに打ち合わせていた通りに、ブレンダンは店先にまでスイレンを迎えに出てきてくれた。

今日は竜の姿での仕事がないと言って人型になっていたワーウィックもスイレンの行く先に付いてきたがったが、仕事場にまで付いていくのはルール違反だとリカルドに諭されて、不満を言いつつも家で留守番をすることになった。

ブレンダンの実家であるガーディナー商会は、主に貴族や裕福な平民の女性を相手にしたオーダーメイドのドレスや宝飾品を専門に扱っている店のようだ。

瀟洒《しょうしゃ》な造りの店構えはとにかく美しく、目の肥えた女性も好みそう。その街自体が大きな美術品だと例えられるガヴェアの王都で生まれ育ったスイレンも、初見で思わずため息をついてしまうほどだった。

雇用主であるブレンダンの父親だと名乗る店主ジョルジオにも挨拶をしたが、一目見ただけでさぞこれまで女泣かせだっただろうと、理解してしまえる初老の男性だった。ブレンダンは、きっとこの父親によく似たのだろう。

「花の種は、各種取り揃えてみたんだ。こちらに専用の棚を用意して、置いてある。毎朝、その日のスイレンちゃんの気分で飾る用の花束を作ってくれ。とりあえず、今必要な花の数はここのメモに書いてあるから。最初だから、用意してほしい数が多い。一通り準備できるまで、時間はいくらでもかけてもらっても構わない」

スイレンは、ブレンダンに渡された何枚かのメモを確認した。

ガーディナー商会の広い店内は、至るところに花瓶が備えつけられている。

花魔法は、花を種から成長させるのには、魔力はあまり使わなくて良い。だが、どうしても開花までに時間がかかってしまう。

そして配置良く花を飾って、花瓶のある場所まで運んでを繰り返すことになるのを考え、これだけの多くの数を、すべて飾って一人でやることを考えれば、数日はかかり切りになってしまうのかもしれない。

「はい。ありがとうございます。確かにこれだけの数を一気にだと、時間はかかると思います。あの……えっと、何色の花を多めにとかはありますか？」

「うん。ゆっくりと揃えてくれれば、こちらは大丈夫だよ。そうだね、今の流行りのドレスの色は濃紺だから、メインには青い花なんかはどう？　それで、青に合う色の花で取り巻いて」

ブレンダンと花の種類について相談しながら、スイレンはとりあえず選んだ種でいくつかの花を咲かせてみた。

色取り取りの花が一斉に咲いていく様子を見れば、すぐ傍にいたブレンダンや新人の様子を見に来ていた店員たちが、揃って歓声を上げた。

ひとつだけ花束を作り用意されていた紐《ひも》でくるくると巻くと、その場に集まっていた全員に拍手された。

（こんなの初めて……嬉しいけど。ちょっとだけ、恥ずかしい）

とても好意的な反応に照れたスイレンが小さくお辞儀をすると、後ろの方からコホンと咳払いが聞こえて、店主ジョルジオの登場を見た店員たちは蜘蛛《くも》の子を散らすようにいなくなってしまった。

「やあ。これは息子から聞いて想像していたよりも、何倍も素晴らしい。これは花魔法、だったね？　使える人が少ない古い魔法のひとつだと、昔聞いたことがある。まさか、こんな風にして間近に見られるとはね」

スイレンの花魔法を見てから感心して頷くジョルジオに、ブレンダンは嫌な表情を浮かべた。

「父さんは、もう奥から出てこないでと言っただろう。新人なんだから。店主に見られれば、スイレンちゃんが緊張する」

ブレンダンが、父の登場に驚いて固まってしまっているスイレンを庇《かば》うように身を乗り出した。彼によく似た顔を持つジョルジオは、そんな様子を見てくっと喉を低く鳴らして笑った。

「それは、面白いことを言う。お前が自分の嫁候補だと言って、こうして実家の店にまで連れてきたんだろう。それなのに、会話すらもさせてもらえないのか」

「父さん！」

スイレンは、ジョルジオの明け透けな言葉に戸惑いブレンダンを見上げた。いつも飄々としている彼には珍しく、横顔を赤くしている。それだけで、ブレンダンがスイレンに向けている好意が、どれだけのものか理解してしまった。

（ああ……私も、リカルド様の前では、こんな風に見えるのかしら）

そんな場違いなことを思いながら、斜め前にいるブレンダンを見ているスイレンに、ジョルジオが首を傾げながら話しかけてきた。

「スイレンさんは、この花魔法を使って何か仕事をしたいと聞いているが、私にはいくつかこの魔法を商売に活かす考えがある。後で話すから、もし良かったら聞いてくれるかい？」

スイレンは、彼の言葉を聞いて目を輝かせた。

これまでのことを思えばガヴェアに帰り、王都で花娘を続けることは難しいだろう。この国で自分の花魔法を使って、お金を稼ぐことができるかもしれない。

（リカルド様の手を煩わせることがなく、私は自分の力で生活をしていけるかも……）

「……はい！　ぜひ！　ありがとうございます」

家を繋ぐ立場を持つ貴族である彼は、あの美しい婚約者といずれ結婚してしまうだろう。その際に、家の中にいて邪魔者だと思われるのは、どうしても嫌だった。

生活していくお金さえ自分で稼ぐことができれば、どこか別に家を借りる時はクラリスやブレンダンに相談すればいい。

「父さん。余計なこと言うなよ」

「余計なことかそうでないかは、お前が決めることじゃないだろう。彼女には素晴らしい才能がある。そして、自分もそれを活かしたいと考えているのなら、これからいくらでも選べる道がある。その中でお前と結婚するかも、彼女が決めることだ」

「働くのなら、この店で別にいいじゃないか。十分に稼ぐことが、できる」

不満げに顔を顰めた息子に、ジョルジオは鼻を鳴らした。

「昔からお前のダメなところは、そういうところだ。頭を使って計算をして、感情で動こうとしない。外堀を埋めて安心するつもりなら、大きな間違いだぞ。誰かに好かれたいのなら、小手先ではなく、全力でぶつかれ。自分は傷つきたくないと小賢《こざか》しく逃げてばかりだと、何も得ることができない。図体ばかりが大きくなって、馬鹿息子が」

目を細めた父親の言葉に、二の句を継げなくなったブレンダンは、悔しそうにギリッと奥歯を鳴らした。

ジョルジオはスイレンに、仕事終わりの時間になったら自分の書斎に寄るように言い残して去っていった。

スイレンが心配そうに、強張《こわば》った表情のままのブレンダンを見上げると彼はふうっと大きく息をついて、苦笑いをした。

「ごめん。スイレンちゃん。父さんには、僕がいつまでも五歳の子どもに見えるんだ。みっともないところを、見せた。さあ仕事の続き、しよっか?」

彼の言葉に一度頷いてから、スイレンはもう一度青い花の種に手を伸ばした。

⚜

ガーディナー商会が直接客から注文を請け負うための店の中には、数多くの備えつけの花瓶があった。そのひとつから萎《しお》れかけた花を一本引き抜いて、スイレンは腕にかけていた花籠にあった同色の花と差し替えた。

一週間に一度、季節柄も考えた花々へと順に差し替えるが、毎朝の日課でひとつひとつ萎れたものがないかを点検して歩く。

花魔法で咲かせた時にはただの生花より長く保つ生活魔法をいつもかけるのだが、花にもひとつひとつ個体差があり、そうしていてもすぐに萎れてしまう弱いものも中にはあった。

スイレンは花魔法を自在に使うことができるが、枯れかけた植物に瑞々しい生気を与えるような回復魔法は、使うことができない。

（一通り……点検できたかな）

スイレンは今季の流行色である紺色の花を主役にし、合う色で周囲を取り巻いた花々を店内すべて点検し終わってほうっと息をついた。

貴族婦人や年若い令嬢、裕福な平民の女性向けの高級服飾品を主に扱うガーディナー商会の店内は、美しい花々で飾ることを常としていた。

以前は季節折々の生花を大手の花屋から大量に購入していたが、スイレンが種から生花を咲かせて飾る業務を一手に引き受け担当するようになってから、それにかける労力も少なくなり大幅な経費削減となったらしい。

それに顧客が注文したドレスや宝飾品に色を合わせた小さな花束を商品に添えて贈ると喜ばれることもあり、スイレンはここで働くようになってからというもの、花娘と呼ばれていた生花売りとして働いていたガヴェアでは、考えもしなかった方法で花魔法を使用し日々忙しくしていた。

「スイレンさん。今大丈夫かな？」

腕にかけていた花籠に余ってしまった花を、なんとはなしに見つめつつ歩いていたスイレンは、すぐ背後から聞こえた声に慌てて振り向いて答えた。

「……ジョルジオさん。はいっ……大丈夫です」

ブレンダンの父ジョルジオは、彼の父親だと一目見ればわかるほどに似ていた。

若い頃はさぞ女泣かせだっただろうと思わせる甘く整った顔立ちに、積み重ねられた年齢相応の渋みを纏い、まだ若い息子より彼の方が色気を持っていた。

息子が幼い頃に、愛する妻を早くに亡くし、彼が男手ひとつでブレンダンを育てたらしいが、それ以来決まった人とは付き合わない主義だそうだ。

「スイレンさんに、ある仕事を頼みたくてね。探していたんだ。実は僕の知り合いの貴族夫人なんだが、自分の主催する夜会で開幕に変わった趣向を望んでいてね。スイレンさんの花魔法の話をしたら、ぜひ一度見てみたいと。だが、僕の読みでは、君がここで引き受ければ立派な仕事になるだろう。そこで評判になれば、次の仕事にも繋がる。どうかな？」

長めの茶髪を後ろで束ねているジョルジオは、楽しそうに微笑んだ。

「わっ……私の、花魔法を使って……夜会を盛り上げるんですか？」

スイレンは、思ってもいなかった彼の提案に息をのんだ。

もし自分であれば、そんな使い方を思いつかない上に、よしんば思いついていたとしても、華やかな夜会を主催するような貴族夫人に売り込みするような縁故もなかった。

商才もあり儲《もう》ける手管を使えるジョルジオに、彼だからこその間違いのない仕事を繋げてもらえたのだ。

「そうだ。何。何も、心配することない。明るくて気のいい夫人でね。彼女の夫君は堅実な領地経営をしているため、金銭的にもなんの問題もない。信用の置ける人だ。それに僕は、君はもっと社会を知るべきだと思うよ。何も知らない女性は確かに可愛らしいが、そんな女性を好むような男には、ロクな人間がいたためしがないから。色んな人と出会い様々な知識を身につけ、自分にとって一番いい選択ができるようになるべきだと僕は思う」

「えっと……」

確かにヴェリエフェンディで働くようになって、一人で生きていくためには自分には圧倒的に知識が足りないことを痛感していたスイレンは、自分へと真摯に向けられたジョルジオの言葉に戸惑った。

（ジョルジオさんが今言ってくれたことは、私にとっていいことしかない……彼はブレンダン様のお父様だけど、なんで私にこんなに良くしてくれるんだろう……）

ブレンダンはスイレンを自分の嫁候補だと言ってこの店に連れてきていたが、スイレン自身は特に気にも留めずにいつもの軽い冗談だろうと既に流してしまっていた。

ジョルジオはガーディナー商会の代表でお給金を払ってくれる雇用主ではあるが、スイレンとは関係が深いとは言い難い。

だから、スイレンはとても不思議だったのだ。

どうして、こんなにも彼は、自分に対して親切なのだろうと。

「君は今何も知らないということを、決して恥ずかしく思う必要がない。両親を早くに亡くしているとは、僕も聞いている。だが、僕たちのような年齢の人間には、それがとても危なっかしく見えるんだよ。君を保護しているリカルド・デュマースやうちの愚息は、若い女の子には魅力的に見えるかもしれないが、君にとっての最良の相手ではないかもしれない」

危なっかしい若い女の子を見て、ジョルジオがこれから自分の人生を選ぶ上での、選択肢を増やしてくれようとしていることは、スイレンにも理解できた。

(でも……彼は、きっと誤解しているわ)

リカルドの持っている多くのものは、確かに魅力的だ。

けれど、それはただの同居人であるスイレンにはとても手の届かないものだ。

「あの……私。確かに、今はリカルド様に保護をされています。けれど、彼を自分の伴侶に望むような……大それたことは、望んでいません。近い将来には自分で仕事を持って稼げるようになれば、一人で生きていきたくて……だから、それは……」

優しいジョルジオの心配していることは的外れなのだと言いたかったスイレンは、俯いた。

このところ、いつも自分に言い聞かせていたことだというのに、それを言葉に出しているだけで胸が痛くてとても言葉が続けられなかったからだ。

(ええ。そんな大それたことは、望んでなんていないわ。だって、リカルド様には、美しい婚約者がいるもの)

「……そうか。僕は君の望むように、したいと思う。僕は昔から可愛い女の子の、味方なんだよ。君のように素直で健気な子も可愛いが、もっと気が強くて自分勝手なのもまたいいね。まあ、女の子は皆可愛いことには、間違いないんだが」

湿っぽくなってしまいそうだった空気を軽くするようにして、彼は自分の息子のように、冗談を言って片目を瞑った。

「ジョルジオさんって、若い頃すごくモテましたよね……？」

スイレンは、咄嗟にそう聞いてしまった。

それは、彼本人に聞かなくても絶対に間違いない。こんな整った容姿を持ち、人格もできている。そして、女の子を大事にする発言。

どれもこれも、モテる要素しかない。

「いや。そんなこともないね」

「え……？」

そんな訳ないのにとスイレンが不思議そうな顔で首を傾げると、彼はにやりとして笑った。

「はは。若い頃よりも今の方が、女性にはモテるよ。若い男は色々と面倒だが、僕のような余裕のあるあまりがっつかない年代を好む女性は多いね。スイレンさんも、もしお望みならガーディナー商会の代表の妻にだってなれるよ。僕の息子が父殺しを企むかもしれないが……それも、また運命だ」

彼の息子のような洒落た物言いを好むらしいジョルジオは、そう言ってから肩を竦めた。

（ブレンダン様も、このくらいの年齢になったらこういう風に言いそう）

よく似た外見だけではなく、彼ら二人の間に間違いのない血の繋がりを感じて、スイレンは微笑んだ。

「ふふっ……あのすみません。先ほどのお仕事、ぜひお受けしてみたいです。私も、たくさんのことに挑戦して私のできることを増やしたいです。私には、この花魔法しかないから。花魔法を使って、自分で稼げる手段を増やしたいです」

スイレンは自分の選択肢を増やせと言ってくれた彼の言葉に勇気をもらって、せっかく提案してくれた新しい可能性に賭けてみたかった。

「受けてくれて、良かった……だが、老婆心ながら言っておくと、何事もこれだけしかないと思い込まない方が良いよ。どんなに美青年が近くにいても、世界中のどこかには、もっといい男が存在するかも。僕みたいな、ね」

「ジョルジオさんが、いい男なのは皆知っていますよ」

口が上手く女の子に殊更優しい美男子、それももう若くはなく年齢を重ねてより手強くなっている。

（この人と恋愛する人って、本当に大変そう……だって、なんの気もない私にも、こんなにも優しいもの）

スイレンが困ったように微笑むと、ジョルジオは片眉を上げて面白そうな顔をした。

「そういったことを皆に知られていても、意中の女性に選んでもらえないとなんの意味もないんだよねえ……うちも息子も、本当に報われない」

さっきは彼女の近くにいる男性であるリカルドとブレンダンの名前を出したのに、スイレンが反応したのがリカルドだけだったことを思い出したジョルジオは、これは息子の行く先は茨の道だろうと苦笑した。

◆

「スイレン。おかえり！　初仕事、どうだった？」

ワーウィックは帰ってきたスイレンに駆け寄ると、ねだるように服を引いた。

彼の可愛らしい仕草に、初めての職場で気が張っていたスイレンの緊張が、ゆっくりとほどけていくのを感じた。

鮮やかな深紅の髪を撫でると、竜の姿の時の癖だろうか。ワーウィックは、嬉しそうにゴロゴロと喉を鳴らした。

「リカルドも、もう帰ってきているよ。さっきまでスイレンの帰りが遅いって、家中ずっとうろうろしていたんだけど……さっき手紙が届いたから、今は部屋の中で何かしているみたい」

そう言いつつ、ワーウィックはリカルドがいるだろう二階のある天井を見上げた。

確かに予定していた帰宅時間よりも大分遅くなってしまっていたので、リカルドも心配してスイレンを待っていてくれたと思うと嬉しかった。

忙しく支度をしているテレザから、夕食ができているのでリカルドを呼ぶように頼まれた。快く頷いたスイレンは、階段を上がって名前を呼びながら彼の部屋の扉を叩いた。

何故か慌てて扉を開いたリカルドは、右手に手紙を持っていた。

「ああ……スイレン。おかえり。戻ると聞いていた時間より、遅くなっていたから心配していた」

慌てた自分が、手に手紙を持っていたことに気がついたのか、リカルドはそれを後ろ手に隠した。

だが、スイレンには手紙の裏に書かれた署名が偶然見えてしまった。パーマーとだけ、読み取れた。

クラリスが彼の婚約者について話していた会話が、頭の中をかすめる。

彼の婚約者である美女イジェマは、確か姓がパーマーではなかっただろうか。彼と彼女とのやり取りを直接見てしまったことに痛む胸を押さえて、俯きそうな顔を上げて微笑むとスイレンはリカルドに言った。

「ただいま、帰りました。リカルド様。夕食がもう、できているみたいですよ」

「ああ。呼びに来てくれて、ありがとう。スイレンは先に行っていてくれ。すぐに、俺も下りるよ」

そう言ってから、あっさりと扉を閉めたリカルドの後ろ姿が切なくて、どうしても悲しくて。

スイレンは、階下へと向かいながら自然と出てくる涙を瞬きで散らした。

◆

「リカルド様に、届け物ですか？」

昼過ぎにやってきたブレンダンは、うんと大きく頷いた。

彼の手には、大きな封筒があった。それを差し出し、反射的に受け取ったスイレンに優しく微笑んだ。

「そう。お休みのところ、頼んじゃってごめんね。僕は今から哨戒《しょうかい》の任務があって、クライヴと飛びに行かなきゃいけないんだ。けど、城にいるリカルドに、これを急ぎで渡してほしいんだ。この腕輪を見せれば僕の身内ってことは、示せるから。門番の衛兵には、それを見せてくれ」

そう言ってから渡されたのは、前にも借りたことがある魔道具の腕輪だった。

なんでも所有者のブレンダン自身か、彼の許可を得たものにしか嵌められない魔法がかかっている腕輪で、身分証明にもなるらしい。

そう言われて彼が乗ってきた馬車に乗り込むと、以前にブレンダンと凱旋式で行ったことのある城へと向かった。

この国に来てから、スイレンは馬車に乗ることにも慣れてきた。

ガヴェアで生花を売る花娘をしていた時には、徒歩で街中を歩いていた。けれど、こうして車内には柔らかなクッションがたくさんある、いかにも貴族や裕福な人が乗るような馬車に慣れてしまうと、平民が使うような辻馬車《つじばしゃ》には乗れなくなってしまうかもしれない。

（こうしたことに、慣れてしまうのは……きっと、良くないわね。私の稼ぎだけでは、こんな馬車には、とても乗れないもの）

城に到着し、門前にいた衛兵にブレンダンに言われた通りに腕輪を見せると、何かと照合《しょうごう》させるように不思議な石を近づけて光らせた。

それを確認してから衛兵は頷き、スイレンがここに来た目的である、竜騎士のリカルドが今仕事しているという執務棟《しつむとう》までの道を教えてくれた。

凱旋式の時のように、一般開放されていた場所とは全く様子が違う。執務棟へと繋がる通路には、城で働く文官や女官などが忙しく長い廊下を行ったり来たりしている。

スイレンは彼らの様子を見るとはなしに、美しく整えられた庭園の方向に目を向けた。

その場所には、竜騎士のみに着ることを許された黒い騎士服を身に纏う大きな身体と燃えるような赤髪のリカルドの後ろ姿があった。

目的の彼を見つけて、スイレンは慌てて外に出るために来た道を戻る。確か外に出ることのできる扉があったはずだ。

先ほど見た庭園へ出入りができる辺りまで来て、リカルドの名前を呼ぼうとして、スイレンは思わず身を固まらせてしまった。

リカルドは凱旋式の時に見かけた金髪の美しい婚約者と、共にいたからだ。

二人が親しげに話す様子に目を奪われ言葉を出せぬまま、スイレンは東屋《あずまや》の方向へと進む彼らを見送った。

リカルドと婚約者の姿が見えなくなってから、胸に抱き締めていた書類袋に皺《しわ》が寄りそうなくらい強い力を込めていたことに気がついて、スイレンは慌てて紙の皺を伸ばした。

一人で季節に似合わない花が咲き誇る美しい庭園に立ちながら、ひどくみじめで嫌な気分だった。

リカルドは、こうして婚約者と会っていた。

二人は貴族同士で城近くに住んでいるのだから、イジェマと会うのにはここが都合いいのかもしれない。

（ああ……そうか）

スイレンは、何かがすとんと胸に落ちたような気がした。

（私は、彼を好きなだけで、それだけでいいと思っていた。でも、それは彼にとって迷惑になるのかもしれない）

スイレンは何もかもを与えてくれるリカルドに対して自分は何も望んではいけないのだと、きちんと理解していた。

（いつか言ってくれた、もう少ししたら言いたいと言っていたことも、あの彼女と結婚するから……家を他に用意するからどこかに出ていってくれと、そういうことだったのかもしれない）

スイレンの頭の中には、リカルドとイジェマが二人で親しげに喋りながら歩いていく姿が焼きついて消えなくなってしまった。

（自分が、あの彼の凜《りん》とした立ち姿の隣に立ちたいなんて、なんてバカなことを願ってしまっていたんだろう。いつから……いつから？　こんなに、期待をしてしまっていたんだろう。どうして、あの人の目の奥や何気ない言葉に甘いものを探してしまったんだろう。

そんなもの、きっと……あるはずがないのに）

リカルドは、優しくて誠実だ。

だからこそ、リカルドのことを好きなスイレンにとっては彼の優しさこそが残酷だった。

けれど、不遇の身に同情してくれただけの彼には、なんの罪もないこともわかっていた。

（こんな自分が、いつか救われるんじゃないかなんて。そんなことを夢見てしまったなんて、本当になんて……バカだったんだろう）


種から花を咲かせて広い店内を彩る仕事は、スイレンが当初想像していたより、楽しくやり甲斐《がい》があった。

出勤予定は余裕をもって組んでくれていて、週に何日かの休みもあり、そういう日には変装をしたリカルドやワーウィックと街に出たり、時には空の散歩をしたりと穏やかな日々を過ごした。

「スイレン！　スイレン！　この花、珍しいよね。なんていう名前なの？」

国民の英雄として顔の売れたリカルドは変装をしていて、一見して彼とはわからないような格好をして大通りを歩いていた。

彼とスイレンの二人より先を歩いていたワーウィックは、花屋の店先に置かれた花を指差して振り返った。

彼はこうして人型《ひとがた》になれたことが本当に嬉しいようで、街中で買い物をすることを心から楽しんでいる様子だった。

「これは、かすみ草よ。そんなに珍しくは……ないかも？」

むしろ花束を作る時には、かすみ草があればより華やかになるので花屋では使われることが多い。

「そうなの？　僕が花の名前を知らないだけか……なんだか、白い霧みたいだね」

花屋の前にある大きな壺《つぼ》に、数え切れないほどに入っているかすみ草は確かにその空間にだけ密集している白い霧を思わせた。まじまじと花を見つめるワーウィックは、興味深そうに一本だけ手に取ったりしていた。

「大振りの派手な花に比べたら……そんなには、目立たないかもしれないけど、私は好きだな」

ワーウィックの隣で微笑めば、彼は不思議そうに言った。

「……スイレンって……もしかして嫌いな花なんて、あるの？」

それを全く考えたことがなかったスイレンは、思わず目を瞬かせた。

「嫌いな……花……うーん。考えたこともないかも」

スイレンには種から開花させた生花を売って日々お金を稼ぎ、ほとんど売り上げを取り上げられてしまう生活だった。生きていくだけで、精いっぱいだった。だから、嫌いな花だと思うこともなく、今までに考えたこともなかったのだ。

「ふーん……スイレンの今までの境遇《きょうぐう》を思えば、それって仕方ないことだったのかな。けど、好きなものと嫌いなものって、誰しもあることだよ。仮に何かを苦手だったり嫌いだったりとしても、それは全然悪いことじゃない。色が好きになれなかったり、形が苦手だったり。それって、それぞれで好みは自由なんだ。何かを苦手になることに対して、罪悪感持っちゃダメだよ」

「ワーウィック？」

「好きになるものがあれば、嫌いになるものがある。それって、生きているからこそだとは思わない？　お綺麗な良い子になろうだなんて、決して思っちゃダメだよ」

ワーウィックの言葉を聞き、リカルドの婚約者であるイジェマに向かう抑え切れない嫉妬を見透かされたような気がして、スイレンは俯いた。

（あの人は、何も悪くない。私が後から、イジェマ様の婚約者であるリカルド様のことを

好きになっただけだもの……悪くないから……必死で、リカルド様を好きになってしまった自分だけが悪いと思っていた)

黙り込んでしまったスイレンを見て、ワーウィックは彼女の服の裾を引いて微笑んだ。

「ねえ。スイレン。人って、綺麗には生きられないよ。高潔だとされている竜騎士たちだって、上司や同僚の愚痴を言う時もあれば、飲んで忘れたいほどの大失敗をしたりすることもある。飲み過ぎて、深夜の竜舎で大声出して大暴れして騒ぐ奴らもね」

ワーウィックは人化した時に見せる幼い外見には似合わずに、時に賢者のような皮肉めいたことを言う。

そのたびに、思い知るのだ。彼は、人と見せかけているだけの竜なのだと。

スイレンが黙った理由を特に追及することなく、話をさりげなく変えてくれたワーウィックに微笑んでスイレンは言った。

「そんなことした人、いるの？　皆、眠れなかったんじゃない？」

竜舎はその名の通り、竜騎士の騎竜たちの巣だ。

巨大な竜舎は、彼らが生活しやすいように整えられ、それは竜騎士を目指す数多くの騎士見習いの男の子たちの仕事の一部らしい。

「もうねー……最悪だったよ。一番に最悪だったのは、自分や契約した竜騎士の一人がその集まりの一人だったってことだけどね。竜にも一応、守護竜イクエイアスを頂点とする上下関係が存在する。僕たちは成竜したばっかりだから、立場上他の竜に平謝りするしかない。本当に、最悪な出来事だったよ」

「え……？　それって」

ワーウィックの言わんとしていることを察して、スイレンは騒いだ連中の一人がいるはずの後ろを振り返った。

そこは帽子と眼鏡をかけて変装しているリカルドが、屋台のお菓子を買って手に持ってこちらへと歩いてきているところだった。

「……なんだ？　変な顔をして」

「リカルドが、同期全員と酔っぱらって竜舎で大騒ぎした時のことを話していた。あの時は、本当に……本当に後始末が大変だった。もう二度としないでくれ」

「……ワーウィック。それは、他言無用の約束だったんじゃないか」

静かに唸《うな》るような低い声を出したリカルドは、無表情で手に持っていた紙に包まれたお菓子をスイレンへと手渡した。

「そんな、約束したっけ？　まあ……もう言っちゃったからっ……」

リカルドが手を伸ばしワーウィックを捕まえようとしたことを察して、慌てた彼は大通りの中を走り出した。

「おいっ……お前、約束は守れ」

大通りの人波の中に見えなくなったワーウィックの背中を、リカルドは憮然《ぶぜん》としたままで見送った。

「……リカルド様」

不機嫌な表情になったリカルドに何を言っていいのか迷ったスイレンは、彼の名前だけ呼んで困った顔になってしまった。

「いや、あれは……俺たちも、若かったんだ。ちょっと色々あって、扱《しご》かれて荒れていて……まあ、結構前のことだから……今後はない……とは思う……」

歯切れ悪くそう言い出したリカルドを可愛く思えて、スイレンは思わず微笑んだ。

「リカルド様って、誰かに愚痴ったりすることもあるんですね」

「……ワーウィックが、そう言ってたか？　そりゃ俺だって、不満がたまったら発散する時もある。あいつ……本当に……」

「あのっ……私は、全然さっきの話聞いてリカルド様が格好悪いとか、思わないです。なんだか、身近に思えて……すごく、可愛いなって思いました」

何もかもを持つように見えるリカルドにも、そういう可愛らしい一面を持っていることを知り、スイレンはより自分が彼を好きになっていることに気がつくのだ。

（いけない。このまま一緒にいれば、もっともっと彼が好きになってしまう。いつか別れることが、もっと辛くなってしまう……）

彼を思う気持ちが心の中でどんどん大きくなっている事実に気がつき、切なくなったスイレンの表情を見て、何かを勘違いしたのかリカルドは背中を叩いて優しく言った。

「うん。気を使わせて、ごめん。これ、先輩に美味しいって聞いていたんだ。話を聞いてから、君に食べさせてあげたかった。こっちにおいで。座ろう」

リカルドは、本当に優しく甘い麻薬のような人だ。口にすれば美味しいとわかりつつ、もうそれなしではいられないくらいに心を侵していく存在。

けれど、スイレンは彼の傍にいて、この生活がいつか終わってしまうことを恐れていた。

そう……もし、時が来ていつかこの時が終わってしまうのを待つなら、自分の手で終わらせてしまいたいと思い詰めてしまうくらいには。

◆

「自分一人で住む部屋を借りたいから、私に協力してほしい？」

ある日、突然。店主である自分の部屋を訪ねてきたスイレンから理由を聞いて、ブレンダンの父親のジョルジオは彼と似た笑顔で面白そうにした。

スイレンに親身になってくれるクラリスやブレンダンを、頼ることも考えた。

だが、彼らはリカルドと縁が深すぎる。裕福な商人で、名の知れたこの人にならば。貴族で自身も権力を持つリカルドから、自分のことを隠してくれるのではないかとそう考えたのだ。

「はい。あの、できれば。デュマース家の方には、私がどこに行ったのか、わからないようにしていただきたくて……」

スイレンの決意を秘めた言葉を聞いて、ジョルジオは座っていた椅子から立ち上がり彼女に向けて聞いた。

「……この国の英雄。竜騎士リカルド・デュマースの前から、消えたい？」

ジョルジオはやはり、スイレンが願う希望を面白そうにしていた。

スイレンは彼から、何度かこの店の内装の花を飾る以外の仕事も紹介してもらっていた。主には貴族や裕福な商人などが開く華やかなパーティで、会場を彩る大量の花の調達などだ。

余興《よきょう》で頼まれて魔法の花を出して会場の宙に無数に浮かべた時には、主催者の貴族婦人に飛び上がるほど喜んでもらい、ぜひまた来てほしいと乞われたりもした。

そこから、スイレンを気に入った彼女からの紹介が繋がっていって、今では街で一人暮らしするには十分な金額を稼ぐことができている。

だからこそ、スイレンは決断を下すことに決めた。

「はい」

（これで、もう……戻れなくなる）

退路を断ちたいという思いで逡巡しながらも頷いたスイレンは、ぐっと握った手に力を込めた。

何もかもを持っているリカルドから、逃れる方法なんてスイレンにはいくつも思い浮かばない。

ジョルジオがもし匿《かくま》うことについて難色を示すのなら、たった一人だとしても、この街を出立することも考えてもいた。

スイレンの使う花魔法は、思っていたよりも魔法を使うことのできる人のあまりいないヴェリエフェンディでは、お金になることを理解してしまっていた。

これならば自分一人で、どうにか生きていけるだろうという変な自信もあった。

「……なるほど。結ばれることはないと彼を忘れるために、自分から離れて彼の前から消えることを選ぶのか。彼は、君が突然いなくなったら、悲しむと思うよ。それは、考えた？」

感情を見せないジョルジオは探るように、スイレンに問いかけた。

リカルドに何も知らせずに去ってしまうことは、不誠実《ふせいじつ》かもしれない。けれど、心配してくれる彼に、引き留められればきっと拒めない。

愛《いと》しい彼の意向《いこう》を気にしてしまう、自分を理解しているからこそ選んだ方法だった。

「もうこれ以上、リカルド様の傍にいたら……望んではいけないことを、望んでしまいそうになる……だからもう……いいんです。あの方には、身分の釣り合うお似合いの美しい婚約者がいらっしゃる。彼を想う私は、これ以上彼の傍にいてはいけないと考えています」

スイレンは、息子のブレンダンと同じ濃い茶色の目をじっと見た。

ジョルジオはスイレンの中にある覚悟を推し測っているのか、この状況を楽しんでいるのか、それとも迷惑な話だと呆れているのか、どうにも読めなかった。

この後の展開への予想ができず緊張感に思わず手が震え、じわりと背中に何かが走った気がした。

「……まあ、いい。私は、昔から可愛い女の子の味方でね。他でもない君が、そう希望しているのなら、匿うことも辞さない。だが、ただひとつだけ。約束してほしいことがある」

「はい」

ジョルジオは生真面目に頷いたスイレンに対して、言葉を選ぶようにゆっくりと言った。

「それでも。彼が君を見つけることができたら、君から今言ったその素直な気持ちを言いなさい。何かを言わなくても、自分の想いが伝わると思っているなんて、傲慢な考えだ。それが約束できるのなら、君を匿ってあげよう……まあ……同じ街にいるというのに。もし、見つけられないなら、それだけの想いでしかないということだな」

ジョルジオの言葉を聞いて、スイレンの胸はじわりと痛んだ。

(好きで、好きで、ただ好きで……だからなんだっていうんだろう。あの人にあげられるものは、この身ひとつ以外何もなかった。それだって、彼には要らないものだ。だから、傍から離れるのが、一番いい)

これはスイレン自身が望んだことで、これこそが最善《さいぜん》の道だと思っていた。

彼と自分。二人がお互いに幸せになるための、決して間違いない決断だった。

(なのに、なんでこんなに胸が痛むの)


スイレンはジョルジオから約束通りに家を準備してもらって、最後の挨拶にとリカルドの妹のクラリスが住むデュマース家の本宅へと向かっていた。

スイレンが去ってしまう前に、彼女の決断を聞けば必ず反対するだろうクラリスに、直接的な別れは言えない。

けれど、可愛い笑顔のあの人と最後に一目会っておきたかった。

(もう……クラリス様にも、会えなくなる……そうよね。一人で去るって、そういうことなんだわ……)

小さな馬車の窓の外には、ヴェリエフェンディの華やかな王都の様子が見えた。通りにはたくさんの人が溢れて、スイレンの心には何かに追い詰められるような気持ちが湧いてきた。

(できるのなら、あの雑踏《ざっとう》の中に紛れてしまいたい。今すぐにでも)

今すぐできるのなら、そうしたかった。

けれど、最後に一回だけ会っておきたいという気持ちを止められなかった。

デュマース邸に到着すれば、甲斐甲斐しく御者が手を取って馬車を降りるのを手伝ってくれた。それは生まれ育ったガヴェアでは一度もされたことがなく、最初のうちは慣れなかった。

けれど、ヴェリエフェンディでは、女性は守るべき存在として男性から大切にされていて、こういったエスコートも、女性に対する通常のマナーのひとつなのだという。

「……あら！」

馬車を降りたスイレンは、初めて聞く高い声を聞き彼女を見て驚いた。

先ほど到着したばかりのスイレンとは反対に、横付けされた馬車に乗車して帰るところなのだろう。

幾度か遠目に見たことのある金髪の美しい令嬢が、やけに嬉しそうな顔をしてこちらを見つめていた。

(リカルド様の、婚約者だ……)

そう認識してしまえば、例えようもないくらい胸が激しくズキンと痛んだ。

イジェマは、リカルドのれっきとした正式な婚約者なのだ。親同士が決めたというから、きっとお互いの家にとって価値のある婚約なのだろう。彼を訪ねて家を訪問していても、なんら不思議はない。

むしろ、ここにいるのが不思議に思われるのは、平民のスイレンなのだ。

「あなた。リカルドの可愛い人でしょう。私、知っているわ」

イジェマの言葉を聞いて、スイレンは大きく驚き目を見開いてしまった。

彼女は、スイレンの存在を知っているのだ。

(可愛い人って、どういうこと？　もしかしたら、恋人だと……そういう意味？)

突然の邂逅《かいこう》に混乱してしまった頭では、満足に物が考えられない。

「ほら。この書類を見て。ようやく、これでおしまいなの。私も、嬉しいわ。それでは、ごきげんよう」

イジェマはひらひらと何枚かの書類を見せて、それでもなんの反応も見せないスイレンを見て、何を思ったのか、にっこりと満足げに微笑むと紋章《もんしょう》付《づ》きの馬車へと乗り込んでいく。

カラカラと車輪の回る軽快な音がして、スイレンは動けずに彼女が去っていくのを呆然と見守った。

（嬉しいって、どういうこと？　もしかしたら、もう結婚が決まったから、私とリカルド様の仲を清算しろって……そういうこと？　だから、嬉しいのだろうか。もう、自分の邪魔者は、いなくなるから）

イジェマの意味深《いみしん》な言葉の意味を考え、スイレンは両手をぎゅっと握り締めて俯いた。

（あの人は、誤解しているのね。仲も何も……私とリカルド様の間には、何もない。そう、何も）

本当に悲しいくらいに、何も言われていない。

一緒に住んでいて、共にいる時間が長いから、ふとした瞬間視線が絡んだりすることもあった。けれど、視線を逸らすのはいつもリカルドの方だ。

痛む胸を押さえたスイレンは、回れ右をして馬車に乗り込んだ。

クラリスに会わなくて良いのかと戸惑い慌てる御者に言って、竜舎の近くにある家に帰ってもらうことにした。

居心地のいい場所を出ていく準備と覚悟は、もうできていた。

◆

ジョルジオに用意してもらった小さな家は、優しい色合いの壁紙に可愛らしい家具の、いかにも若い女の子が好みそうな物件だった。

家具は既に使用できるように備えつけだし、食器なども過不足なく揃っている。

女性向けのドレスや宝飾品《ほうしょくひん》を扱う店主である上に、あのブレンダンの父親なのだ。

きっと、彼は女の子の好むようなものを、知り尽くしているはずに違いない。

そんなジョルジオに言われた通りに、小さな鞄《かばん》の中には何枚かの服と下着なんかを入れてきただけだ。ただ、それを持ってくるだけで、スイレンがここで生活するには事足りているようだ。

（リカルド様……きっと、驚くよね。でも、もしかしたら……厄介者が何も言わずにいなくなって、清々しているかもしれないし）

リカルドが用意してくれた自室には、置き手紙を残してきた。

この国に連れてきてもらって、家族同然に一緒に暮らそうと言ってくれて嬉しかったこと。何も言わずに去ることになって、本当に申し訳ないこと。

そして、できれば自分のことはもう、捜さないでほしいこと。

（リカルド様は、優しい人だから、きっと私のこと……心配してくれているかな……）

なんたって彼は、檻の中で辛い境遇にあった自分を少し慰めてくれたからと言って、恩返しに家族扱いをしてくれるような優しい人だ。

（だから、好きになったんだもんね……）

そう思ってから、スイレンは首を振った。

（いけない。何を考えていたんだろう。リカルド様は、美しい婚約者と結婚して英雄と呼ばれる竜騎士としての人生を、なんの汚点もなく歩んでいくのよ。そして、彼の人生の中には、私は必要ないのに）

スイレンはぼんやりともう会うこともないリカルドのことを考えながら、持ってきた身の回りの物を整理していたら、そろそろ日が暮れる時間になってきたようだった。

窓から入る日光が減り、部屋の中が薄暗い。

そろそろ食料の買い出しにも行かなきゃと気がついて、スイレンは慌てて財布とジョルジオに渡されたばかりの鍵を持って、扉の外へと飛び出した。

市場にほど近いため、買い物にも便利なその家から白い石畳の坂を駆け上がると、時計台のある広場に出る。

夕焼けの薄紅《うすべに》の光が、白い街に溶け込んで美しかった。

そして、スイレンは周りを見渡して奇妙なことに気がついた。街の人々は立ち止まり、口々に何か言いながら、空を眺めているのだ。

「凄い数の竜だ。こんなに多くの竜が街を飛んでいるのを見るのは、初めてだ」

「確か。街の上を低い高度で飛ぶのは、禁止されているんじゃないのか。しかも、皆。揃って……何かを、探しているのか?」

その時に初めて、空を見上げると夕焼けが美しい空に無数の竜の黒い影があった。

建物の屋根スレスレの高度を保って彼らは飛行しているせいか、その大きな身体にある鱗もしっかりと肉眼で見えた。

スイレンは、信じられない光景を見て、思わず口を大きく開けてぽかんとしてしまった。

夕焼け空に、竜が舞う。

昔、寝物語に聞いたお伽噺の世界のように。

何故か、その時。スイレンからほど近い空を飛んでいた竜の大きな目と視線が合ったような気がした。

最初キュウーと間延《まの》びした高い鳴き声がして、一斉に周囲にいた竜が鳴き声を上げた。

そうして、瞬く間にスイレンの元へと近づいてくる深紅の大きな影。

（ワーウィック？）

スイレンが呆気《あっけ》に取られている間に、赤い竜が真っ直ぐにこちらの方向へ迫ってくる。竜が自分の元へと迫り来る光景を、魅入《みい》られたように見つめてしまう。

「……スイレン！」

上空から大きな声が響いて、ダンっと大きな音をさせ、黒い騎士服を着たリカルドが薄紅に染まった石畳《いしだたみ》の上に降り立った。

「リカルド、様？　なんで……どうして……」

あまりに思いもよらなかった事態に戸惑うスイレンに近づき、リカルドはもう逃がさないと言わんばかりに、その太い腕の中にぎゅっと力を込めて彼女を抱いた。

「どうして、じゃない。スイレンを捜していた。竜騎士であることの、職権を濫用《らんよう》した。今日、非番だった皆に頭を下げて、上空から君を捜してもらっていたんだ……スイレン以上に俺には大事なものがないんだ。そんな人が姿を消したと知って。どうして、そのまま捜さずにいられる？」

「あ……あの、リカルド様、いたい」

捜していたスイレンを見つけて、あまりに感極《かんきわ》まったせいか。

リカルドはぎゅっと力を込めていたため、鍛えられた太い腕の中で押し潰されそうになってしまった。スイレンが慌てて抗議すれば、やっと力を緩めてくれた。

小さく咳をしたスイレンを愛しげに見やって、彼はその頬にキスをした。

「待たせて、悪かった。ようやくイジェマと婚約を解消することができたんだ。だから、今日。やっと、君に告白するつもりだった。いなくなっていて……本当に、焦ったよ。好きだ。スイレン。君がいないと、もう生きていけない。あの檻の中に閉じ込められていた時から、ずっとスイレンが好きだったんだ。これからも、傍にいてほしい」

リカルドの言葉を信じられない思いで聞きながら、スイレンは勝手に涙が流れ落ちるのを感じた。

(これが夢なら、ずっとずっと醒めないでほしい。これからもう一生。このままずっと、眠り続けたって、構わない)

思いがこみ上げて何も言えないスイレンの濡れた頬から指で涙を拭うと、彼は優しく微笑んでいた。

「リカルド様。あの、私も……私も、ずっと好きです。あなたを一目見た時から、私にできることなら。なんでも。してあげたくて……あなたの役には立たないかもしれないけど、傍にいさせてください」

スイレンは、ずっとずっと心の中で言ってはいけないと、自分で留めていた言葉を言った。リカルドは、今度は力を加減しながら彼女の身体を抱きしめた。

「役になんか、立たなくてもいいんだ。スイレンが傍にいるだけで、それでいい。今まで何も言わなくて……悪かった。俺が君を好きなことは、もう理解してくれていると思っていたんだ。それにイジェマと婚約を解消しないと、君には手を出せないし。あんまりにも一緒に住んでいる君が可愛くて。我慢するのも限界だった……もう、どこにも行かないでくれ」

そう言いつつリカルドはスイレンを横抱きにすると、すぐ近くで竜の姿で静かに二人を待っていたワーウィックに飛び乗った。

一気に上空まで上昇すると、近くに集まっていた竜騎士たちが一斉に口笛を吹く。

「ブレンダン。今夜は、全員に酒を奢《おご》ってきてくれ。金はいくらでも出す」

リカルドがそう言えば、空の上で歓声が挙がり拍手が鳴った。

青い竜に騎乗したまま近くにいたブレンダンは、不満そうに鼻を鳴らす。

四方を竜に囲まれていて、彼らはスイレンのことを興味深そうに見ていた。

スイレンは改めて彼らを見て、これだけの人たちがずっと自分を捜していてくれたんだと思うと申し訳なくなった。

薄紅色の空がやがて薄紫になって、赤い日が落ちていくのを見ながらリカルドが言った。

「帰ろう。スイレン。今日から、ずっと一緒だ」

そう言ってくれるリカルドの傍にこれからもいられるなら、なんでもできるとそう思ってしまった。

ずっとずっと夢見ていた茶色の目を持つ人の腕の中、スイレンは目を閉じて彼の胸に頭を寄せた。

⚜

スイレンを抱き締めて離さないままで、リカルドは家の前に降り立った。

ゆっくりと彼女を地面の上に立たせて二人を降ろして黙ったまま、すぐに人化をしたワーウィックに、財布を渡しながら言った。

「財布をブレンダンに渡しといてくれ。あと、お前はもう今夜は竜舎の方に帰れ」

「スイレン、何かあったら僕を呼ぶんだよ。リカルドの……小さなスイレンにっ……もごっ」

話している間にリカルドの大きな手に口を塞がれたワーウィックは、何故か鬼気迫るように真顔になっているリカルドに追い払われて、涙目で何度か振り返りながら、ブレンダンの家がある方向に向かって走っていった。

「スイレン。おいで」

リカルドは、未だ夢見心地にあるスイレンの手を取って家の中に入った。

（リカルド様……手が、熱い）

こんな時にも、スイレンは自分の手に汗をかいていないかと気になって仕方なかった。

階段を上り、彼の部屋へと真っ直ぐ進む。

部屋の中に入ってすぐに、待ち切れないと言わんばかりにリカルドはスイレンを抱き寄せて唇にキスをした。

角度を変えて何回も繰り返されるリカルドのキスに、スイレンの胸はいっぱいになった。大好きで、好きで、本当に求めている人とする初めてのキスは、心までとろけそうなほどだった。

自分の身体を支えていられなくなり、そのままよろけそうになったスイレンをリカルドは事もなげに抱き上げた。

「緊張してる？」

自分の言葉を聞いて、真っ赤な顔をして、何度も頷くスイレンを愛しそうに見つめ、リカルドは、もう一度キスをした。

「大丈夫。今夜は、そういうことはしないから。でも、今まで長い間、我慢していたから。少しだけ……いい？」

大好きな茶色い目を合わせて、響きの良い甘い声で自分を気遣うように聞いてくれるから、スイレンはまた嬉しくなって思わず泣きたくなった。

（……ずっと、我慢をしていたって……どういうこと？）

そう思って、スイレンは気がついた。先ほど、リカルド自身から説明があったことだったからだ。

（あ……婚約者がいるままの身では、触れられないと思っていて。だから、これまで、ずっとずっと、我慢していたということ……？）

リカルドの言葉の真意を知り、胸が大きく高鳴りドクドクとした大きな音が聞こえてくる。

そうだった。彼は竜に選ばれるくらい高潔で、そして本当に優しくて、スイレンに対していつも誠実だった。

（もう……どれだけ、この人を好きになればいいの）

底抜けの穴の中をずっと落ちているようで、何度も何度も、恋に落ちてしまう。

「スイレン。大丈夫？」

ぼーっとしたままで、心ここにあらずなスイレンの様子を心配したのか、彼は優しく聞いた。

リカルドは抱き上げたままだったスイレンを、柔らかく大きなベッドに座らせた。

大きな体を持つ、竜騎士のリカルドに合わせた造りなのだろうか。大きくて立派なベッドだった。

（二人で……そのまま寝ても、大丈夫そう）

そう思ってから、彼の隣でこのまま眠ることを想像してスイレンは赤くなった。

（どうしよう。え……こういう時は、何をどうしたらいいの？）

スイレンは、まさか今日、こんなことになるなんて夢にも思っていなかった。

彼女は幼い頃に、両親を亡くしていて、そういうことを教えてくれる身近な人もいなかった。

スイレンには、こういう恋人というべき人と一緒にいる時にどうすれば良いかなんて全くわからなかった。

なんとなく、男女が夜共に過ごすと子どもができるということは、もちろん理解してはいるのだが、その時にどういった行為をするのかなんて、詳しく聞いたこともない。

これから自分たち二人が、何をどうするのかなんて、スイレンには皆目見当もつかないのだ。

「リ、リカルド様っ……あのっ」

複雑な留め具を外して黒い上着を脱ぎ椅子の背にかけていたリカルドは、スイレンが発した小さな呼びかけに振り向いた。

数秒待っても、スイレンははっきりとしたことは言えない。

何が言いたいのかと、不思議そうに首を傾げるリカルドに、スイレンは勇気を出して言った。

「私。その、何も知らなくて……リカルド様も、知っていると思うんですけど、両親を幼い頃に亡くしていて、それからずっとひとりぼっちでした。その……そういうことを、聞く人も、今までにいなくて……こういう時に、どうしたらいいのか。わからないんです。もし、私がこれから先、変なことしたら……ごめんなさい」

自分の言葉の意味の余りの恥ずかしさに、早口で一気に言い切って俯いてしまったスイレンに、リカルドはゆっくりと近づき大きな手で優しく頭を撫でた。

彼の大きな手がとても温かくて、スイレンは泣きたくなってしまう。

今までの人生で感じたこともなかった、幸せを感じて。


「何も知らないと……そうだ。不安だよな。でも、俺も何もかも、初めてなんだ。男所帯だから、話は聞いているし、なんとなくやり方は知ってはいるけど、何か変なことをやらかすのは俺かもしれない。少しでも嫌だと思ったりしたら、すぐにやめるから言ってほしい……好きだよ。スイレン。君のことを何かひとつ知るたびに、ますます君が好きになるんだ」

彼の甘い告白の中に、聞き逃せないことを聞いたような気がして、スイレンははっと顔を上げた。

柔らかな表情を浮かべ、自分を見つめる大好きなリカルドの顔が、すぐ近くにある。

「あの……もしかして、リカルド様も……私と同じようにしてそういうことをしたことが、ないんですか……？」

スイレンはリカルドの過去についてなど、今までに探ろうとしたことなんて一度もなかった。

けれど、彼はこんなに魅力的で、あんなに美しい婚約者が、すぐ近くにいたのに。

「そうだよ。幼い頃から決まった婚約者がいたし。イジェマとは、一切なんにもない。むしろ幼い頃から竜騎士になりたかった俺のことを、毛嫌いしていたから。それに、小さな頃から、竜騎士となるために厳しい鍛錬をしていたし。そんな時間もない……まあ。男にはいろんな考え方をする奴もいると思うんだけど。俺は好きな子以外とは、こういうことはしたくないという考えなんだ。君はきっと知らないと思うけど、結構珍しいかも」

そう言いつつリカルドは頰にキスをして、スイレンを抱き寄せた。

（こんなに素敵な人を、嫌うなんて本当に信じられない）

リカルド自身がそう言っているのだから、きっとイジェマは彼を嫌っていたような様子を見せていたのだろう。

けれど、彼のことを好きなスイレンにとってしてみれば、イジェマが彼に言ったという言葉が本当に信じ難かった。

スイレンから見れば何もかもが完璧で、存在自体信じられないくらいの人なのに。好きな子。それも、自分以外とは、そういうことをしたくないのだと言った。

スイレンは夢みたいで、とても嬉しくて、思わず空を飛んでしまいそうなくらいに心は浮き立った。

「嘘みたい」

嬉しそうにふふっと笑ったスイレンに、リカルドはもう一度顔を寄せてキスをしてくれた。

はーっと大きくため息をつき、自分の大きな体で囲むようにぎゅっと抱き寄せた。

「嘘じゃないよ。俺は運良く戦果《せんか》を挙げて、今では国民の英雄で竜騎士だなんだと、持て囃《はや》されてはいるけれど、その実、何も知らない二二歳の若造《わかぞう》だよ……そうだ。スイレンは、今年齢はいくつ？」

「私は、今は一九です。リカルド様」

彼の問いに素直に答えたスイレンに、リカルドは少しだけ複雑そうな顔になった。

「そうか。ならば、結婚をするのは、もう少し先になるな……上手くいって、一年後か。早く君を妻にして、俺のものにしたい……」

スイレンは、リカルドの言葉に首を傾げた。

ガヴェアでは一九だと結婚適齢期なのだが、この国ヴェリエフェンディでは違うのかもしれない。

あと一年待たねばならないということは、二〇歳になってようやく結婚が許されるのだろうか。

「あの。私って、リカルド様と結婚……できるんですか？」

「……それは、どういう意味？」

スイレンの疑問に不機嫌そうな低い声を出し、リカルドは言った。

単純に疑問に思っただけのスイレンには、そんなつもりはなかった。

けれど、彼を怒らせてしまったのかもしれない。

慌てて、俯いていたスイレンは顔を上げた。

眉を寄せた整った彼の顔が、自分をじっと見ている。

今までにない表情の迫力に怯みそうになりながらも、スイレンは自分が思っていた考えを口にした。

「だって。私は、身分のない平民ですし……お金も何も、後ろ盾も何も持っていません。あなたの得になるようなものなんて、何ひとつ。リカルド様は、それでもいいんですか？」

「いいよ。君が、好きだ。もちろん、貴族と平民同士の貴賤《きせん》結婚となるから、色々と言ってくる輩《やから》も出てくるだろう。けど、心配しないで。絶対に、俺は君を守るし、貴族の身分を手放したとしても、絶対にスイレンを手離したりはしない」

これからの決意表明をするように、そう呟くとリカルドはまた力を込めてスイレンを抱いた。

自分への想いが込められた、強めの力が彼の気持ちを表しているようだった。

そう思えば、ふわふわとした足場のない雲の上にいるような感覚だった。

（本当に今も信じ難いけど……国の中でも英雄と呼ばれているこんなに整った顔をした人が、私のことを好きなんだ）

「嬉しい」

スイレンはリカルドの身体へと頬を寄せれば、白いシャツの上からでも固く鍛え上げられた肉体を感じた。

自然と、心から彼への想いが溢れてきた。

スイレンがリカルドのことを好きなのは、初めて檻の中にいた彼を見た時からずっと変わらない。

けれど、彼のことを知れば知るほど好きになってしまうのは、彼の中身がそれだけ魅力的で、竜から選ばれるほどの誠実さや高潔さを持っているからだろう。

「俺も、嬉しい。君がずっと俺のことを好意的に見て好きでいてくれたのは、わかっていたけれど……俺に、婚約者がいる間は、どうしても動くことができなかった。もし、たがが外れて、二人がそういう仲になってしまったら……貴族の俺ではなく、弱い立場にいる君が誰かから非難されるのは、目に見えていたことだったから。貴族間のことだったので、色々と手続きが面倒で時間がかかった。待たせて、悪かった。スイレンを誰にも渡したくない」

そういえば、リカルドはこれまで言葉が少なく、強い感情を表に出すこともしなかった。それは、彼が必死で感情を抑えて平常心を保とうと努力していたからかもしれない。

「ふふっ……あの、私は。リカルド様を見たその時から、ずっとずっとあなたのことが、好きなんです。この身を捧げても構わないと、そう思うほど」

吸い込まれそうな彼の茶色の瞳の中、照れて微笑む自分の姿が見えた。

リカルドは自らの大きな体で覆うように抱き抱えているスイレンの頭に、キスの雨を降らせると、小さな子どもや小動物を相手にしているように優しく顔に頬擦《ほおず》りをした。

スイレンは彼の生えかけてきた髭の感触がくすぐったくて、喉を鳴らして笑った。

こうして、彼の大きな身体に囲まれていると、その中で特別に守られているようで、心の中は安心感で満たされた。

スイレンは両親が亡くなってからこれまでに、誰かに守られているという実感をしたことなんてなかった。

だからこそ、尚更《なおさら》、強くそう感じてしまっているのかもしれない。

「ふふっ。くすぐったいです。リカルド様」

目を細めて笑うスイレンの顔の至るところに、その柔らかな唇を押し当てて優しく押し倒した。

リカルドは油断していたスイレンの首元に吸いついてちゅうっと音をさせ吸い込むと、所有印《しょゆういん》を刻む。

虫刺されのように赤くなった部分を見て、こうしたことに全く免疫《めんえき》のないスイレンは首を傾げる。

「あのっ……これって、何か意味があるんですか？」

リカルドは服を脱がさないままにスイレンの首元の白い柔肌に、いくつかの赤い痕《あと》を残しながら頷いた。

「そう。これは、スイレンが俺の恋人で俺のものだから手を出すなって印。だから、反対に俺は君のものだから。またいつか、たくさんつけてくれ」

（そういうものなんだ）

スイレンは彼の行為に納得しながら、所有印を黙々と刻むリカルドの燃えるような赤毛を撫でた。

彼の赤い髪は、少しだけ癖があって柔らかい。それが光に当たると、燃え上がっている炎のように見えるのだ。そして、触り心地はとてもいい。

「リカルド様と私……結婚するんですね」

まるで他人事のようにして呟いたスイレンに、リカルドは顔を上げて苦笑した。

「うん。そうだよ。スイレンは、子どもは男と女どっちがいい？」

リカルドと結婚すれば、彼との子どもができる。

それは至極当たり前のことなのだけど、今まで思ってもみなかったことなので、スイレンはまだ見ぬ嬉しい未来に思いを馳《は》せて微笑んだ。

「どっちでも。リカルド様と、これからもこうして一緒にいられるのなら……なんでも、いいんです」

はにかみつつもリカルドにそう言ったスイレンに、彼はもう一度唇に優しいキスをくれた。

「スイレン。俺には、君だけだ。ずっとずっと、君一人だけを愛するよ」

そう言ってくれたリカルドの言葉が嬉しくて、スイレンは目を閉じた。

ぎゅっと彼に抱きしめられたままで、幸せな温かさに包まれて、すうっと眠りへと滑り込んでいく。

（彼がいるなら、それがどこだったとしても。私にとっての天国に変わるに、違いない）

第六章　初恋

Side Ricardo

（あー……ドジったな）


思わぬ事態で捕らえられたリカルドは敵国であるガヴェアの王都まで連行され、広場に置かれた大きな魔物用の檻の中へと入れられた。

どうにも悪趣味なことに、捕らえた竜騎士の自分を見世物にして、国民にある屈辱《くつじょく》だった敗戦の記憶を少しでも晴らしたいらしい。

ガヴェアは魔法大国であることでも知られ、この近隣諸国では破格《はかく》の強さを誇ってはいた。

だが、守護竜イクエイアスの加護を待つ無敵の竜騎士団には、敵《かな》わなかった。

リカルドの属するヴェリエフェンディとしては、ふっかけられた喧嘩《けんか》を買っただけの戦争ではあった。

だが、ところが変われば見方も違う。こちらの国にも、何か言い分があるだろう。

これまでの数多くの戦闘の中で、多くの命を奪った自覚のあるリカルドは、それなりには覚悟はあった。

戦闘職である竜騎士になった時から、戦いの下。いつ自分の命の灯が消えても仕方ないと、そう考えていたのだ。

まさか敵国に囚われ、こういった最期を迎えることになるとは思いもよらなかった。

予想もつかない未来、それも運命なのだろう。

「先の大戦での戦犯だ！　竜騎士リカルド・デュマースを捕らえた！　能力封じの腕輪をつけているため、この男は何もできぬ。ここに集まる多くの民衆たちよ。その怒りを、この男に存分にぶつけるがいい」

拡声《かくせい》の魔法でも使っているのか、間近で鼓膜に響く大きな声にリカルドは眉を寄せた。

相棒のワーウィックが傷を負って地に落ちて、命乞いをして捕らえられた時、何かすぐに腕に嵌められたと思ってはいた。

（……そういうことだったか）

リカルドは、民衆の集まる広場をじっと見渡した。

多くの人が口汚く罵声を口にして、憎しみを込めて石や丸めた泥を投げつけてきた。

（……あまり、いい最期は迎えられなさそうだな）

そうは思うものの、こうなってしまってはリカルドだけの力ではどうしようもない。

禍々しさも感じる魔獣用の檻の中から、出ることがもうできないのであれば、それは避けられない。

周り中が敵だらけの現状でも、何故かリカルドの心の中は凪《な》いでいた。

それは何かの予感なのか。人生の終わりの始まりなのか。

どうにも、判断がつかなかった。

◆

（え。この可愛い子。何。誰。罠《わな》？）

見世物になるための檻の中で夜を明かすことになったリカルドは、朝まで浅い眠りを繰り返し、目を開いた時映った光景が信じられずに呆《ほう》けた頭で考えた。

物凄く可愛い女の子が、檻の外からリカルドの顔を覗き込んでいる。

何故かたくさんの色鮮やかな花が入った木籠を持ち、新緑を思わせる若草色の目はこぼれ落ちんばかりに大きい。

さっきリカルドに向けて、挨拶したようにも思う。

そう。朝の挨拶だ。こんな檻の中では、非現実的でさえある。

（……本当に、現実か？）

リカルドの反応を待ってか、首を傾げている仕草のあまりの愛らしさに笑み崩れそうになる心を必死で律した。

（何を考えているんだ。ここは、敵国ガヴェアだぞ。きっと、俺から情報を盗み取るための罠に違いない）

昔、騎士学校で習った、いわゆるハニートラップと呼ばれるものを警戒した。

（女慣れをしていないから、こんなに可愛い女の子に何か聞かれたら……べらべらなんでも聞かれていないことまで喋りそうな自分が憎い。しっかりしろ）

いくらもうすぐ死んでしまうとはいえ、騎士としての忠誠を捧げている自国へと後ろ足で砂をかけてしまう訳にはいかない。口を噤《つぐ》んで、大人しく従うべきだった。

何故か軽く首を横に振った彼女は、もう一度何かを訴えるようにリカルドをじっと見つめた。

（……俺の顔って。今。どうなっているんだろう……彼女からは、どう見えている？）

檻の中には、身嗜《みだしな》み用の鏡など用意されている訳がない。

泥が付いていないか、不格好になっていないか。

こんな状況のただ中だというのに、そんな呑気《のんき》で場違いなことを考えたりもした。

リカルドの目の前で、薄紅色の花が唐突に咲いた。

そんなことが起こるとはまったく考えていなかったリカルドはもちろん物凄く驚いた。

まじまじとその空中に浮かぶいくつかの花とその可愛い女の子を見比べた。

はにかんでいるその様子から、彼女が何かしたに違いない。

しんとした朝の空気に荒々しい足音が、突然響いた。

衛兵がいつも通りに尋問《じんもん》を始めるのだろう。

捕えられた時から、リカルドが一言もなんの情報も漏らさないのは、理解しているはずなのに彼らはやめない。

鉄格子のある視界の中で、後ろ姿の走っていく女の子が抱えている大きな籠から舞った花びらが、とても印象に残った。

まるで強い香水の残り香のように、その光景が心に刻み込まれたのだ。

（あの、可愛い子。また来ないかな）

リカルドがふーっと大きなため息をついて、広場を見渡しても、あの花籠を持った女の子はいない。

時折、籠の中を花いっぱいにした女の子を見ることがあった。だが、あの緑の大きな目を持つ可愛い子ではなかった。

祖国《そこく》のヴェリエフェンディでは、花をあんな風に売り歩くという商売は見かけたことがないのだが、ガヴェアではあれが一般的なのかもしれない。

三日間ほど、リカルドにとってとても味気のない日々が続いた。

名前も知らない誰かに罵倒《ばとう》され、何かを投げつけられることには、もう嫌気《いやけ》がさしていた。

（もう罠だとしても、どうだって良い。あの花を抱えている女の子に、もう一度会いたい）

まるでこんな地獄のような状況で現れた、天使のようなあの子に会って、声が聞きたい。

その日は、夜半すぎから雨が降り出して、土砂降りの冷たい雫《しずく》は檻の中にも吹き込む。

鍛えているので、それなりに体力はあれど、何日間も野晒《のざら》しのような場所では、満足に睡眠も取ることもできない。

何日も続くこの生活が、さすがに堪《こた》えていた。

リカルドは、少しだけでも眠ろうとして、瞼《まぶた》を閉じた。

リカルドは、鼻にいい匂いがしたような気がして目を開けた。

（……ここは、檻の中だぞ。こんないい匂いがする訳がない）

夢ではないと我に返っても、優しい香りは現実の世界で続いている。

はっとして檻の外を見れば、激しい雨が降っているというのに、例の女の子が一生懸命にこちらに向けて手を伸ばしていたのだ。

リカルドはそれを見て、驚いた。

彼女が何をしているのかはわからないが、リカルドに何かをしようとしていることは理解できた。

リカルドは彼女に近づき、ゆっくりと首を振った。

何かの魔法なのか、彼女の頭の上には透明の傘のようなものがあった。

（こんなに低い気温の中で、雨の降る寒い外に出ていたら……彼女が風邪をひいてしまう）

リカルドに拒否されたと、勘違いしてか。

可愛いその子はしゅんと肩を落とし、ただリカルドの服を浄化したかったのだとそう言った。

（え。めちゃくちゃ可愛い。なんなのこの子）

リカルドにとって一番身近な異性である気の強い婚約者のイジェマとは、比べものにならないくらいの健気な素直さ。

ここでときめいても、どうしようもないことだとはわかっているが、思わずリカルドの胸は大きく高鳴った。

リカルドはとにかく彼女をこの寒い場所から遠ざけたくて、もう一度首を振った。

何を考えたのか。

彼女は自分の上にある空気の傘をリカルドの上に移動させ、自分自身は服もぐっしょりと雨に濡れてしまった。

そんな姿を見て、そんなつもりではなかったリカルドは、ひどく慌てた。

鍛えている身体を持つリカルドは、この程度の雨に打たれたところでなんともないだろう。だが、いかにも細くて儚げな彼女は、風邪をひいて体調を崩してしまうかもしれない。

首を振ったリカルドを切なげに見つめると、ただ心配する言葉を残して、彼女は振り向き去っていってしまった。

雨の中去っていく彼女を追いかけたくて、檻の中で追いかけられない自分に腹が立った。

濡れてしまったあの体を、温めてあげたかった。

でも、それはこれから先ずっと、叶わぬことだ。

いきなり魔法攻撃を食らって大怪我を負い墜落したワーウィックを庇い、自分の命を差し出したことに後悔はない。リカルドは、それだけは言い切れた。

だが、初恋が死の間際だとは、神様は残酷なことをする。

少年の頃からずっと憧れの竜騎士になりたくて、努力し続けていたら、幼い頃に親に決められた婚約者には泥臭いと毛嫌いされた。

嫌われた婚約者が、なまじ絶世の美女だと噂される女性だったせいで、リカルドに本気で近づいてきてくれる女の子はいなかった。

婚約者であるイジェマはリカルド自身は別に嫌いではなかったが、将来結婚を予定している相手が、幼い頃から憧れだった竜騎士になれた自分を認めてくれないという、言葉にならないやるせなさはずっと抱えていた。

竜騎士になりすぐに不慮の事故で両親が亡くなって、デュマース家を継いだ。

領地を抱える責任ある貴族としての仕事も抱えるようになって、多忙になり変わらずに冷たい態度を取り続ける婚約者と心を通わせる気力も潰《つい》えた。

それから、恋愛沙汰からは自らずっと距離を取ってきたつもりだった。

(あの健気で可愛い女の子は、もしかしたら……こんな自分を、気に入ってくれたのかもしれない)

正直に言えば、こづくりな可愛らしい顔は、リカルドの好みそのままだった。

絶世の美女と巷《ちまた》で呼ばれている婚約者のイジェマより、ずっと彼女の方が好ましく感じたのだ。

こんな冷たい雨の中、走り去ってしまったあの可愛い女の子の帰る先が、暖かな暖炉のある優しい空間だと良い。

それをリカルドはこんな檻の中でどう足掻《あが》いたとしても、用意してあげることはできない。

だが、どうかそうであってくれと心から願った。

◆

(はー……めちゃくちゃ、可愛いなぁ)

物好きな可愛い女の子は、あれから早朝に顔を出してくれるようになった。

雨に打たれて帰ることになった、あの日。風邪でもひいていないかと、ただ心配でリカルドは心ここに在らずだった。

だが、翌朝にもまたひょこっと現れてくれて、リカルドは元気な姿を見て心から安堵した。

あまり、お喋りな方ではないのか。

途切れ途切れ話すその姿が可愛く思えて、彼女の細い体を抱きしめたくて堪らなかった。

「あの……これは南国の花で、あんまり手に入らない種なんです。この前、いつも仕入れをするお店の人に特別に譲っていただいて……とっても、綺麗なんですよ。あの、ぜひ見ていただきたくて……」

花籠を地面に置いてから、そう言いながら手に一粒の種を載せ、目を閉じて意識を集中させた。すると種は発芽し、みるみるうちに大きな花を咲かせた。

リカルドは生まれて初めて見た不思議な魔法に目を見張り、女の子はふふっと照れたようにして笑った。

リカルドは彼女の手にする派手な花を、見たことがあった。

以前、南国を旅した時に群生《ぐんせい》していたのを見かけたことがあったからだ。

（一輪だけでも、こんなに嬉しそうだ……あの広い花畑を見せてあげられたら、どんなに喜んでくれるんだろう）

一瞬だけ、その光景がリカルドの頭を横切った。

ワーウィックに乗って、彼女をあの南国にまで連れていく。それは、実現しない夢だった。

（いや。俺にはもう……到底《とうてい》、無理な話だ。ワーウィックも……あれだけの大怪我をしていたら、当分飛ぶことができないだろうし……）

祖国に保護されているはずの、自分の竜のことを思った。

竜騎士の契約を交わしているので、生きているか死んでいるかくらいはさすがに離れていてもわかった。

心の中が、ワーウィックと繋がっているのだ。長い距離があるため、その声は聞こえないが。

心の中でいつも騒がしい奴だったが、あの声がもう聞こえないとなると、寂しくもあった。

(今の自分の心の声を聞いたら、甘過ぎて砂糖を吐くかもしれないけどな……)

リカルドの竜ワーウィックは、竜騎士団でも有名なお喋りな性格の竜だ。

イジェマのことがあって、恋愛に前向きになれないリカルドをいつも叱咤激励《しったげきれい》していたので、気に入った女の子がやっとできたと知れば喜ぶだろう。

「あのっ……私。そろそろ、帰りますね。話に付き合っていただいて、ありがとうございました」

ぺこりとお辞儀をしてから、無表情を装うリカルドに微笑みながら去っていく。

彼女の細い後ろ姿を、リカルドはじっと見つめた。

(あの可愛い女の子と、デートできたら楽しいだろうな。俺もそう口が上手い方ではないが、きっと二人なら沈黙があったとしても、なんでだって楽しいだろう。あの子は、どんな物を欲しがるかな……)

そこまで考えて、リカルドははっとして口を手で押さえた。

檻の中にいる自分には、もうあの子に何も与えてあげられないことに気がついた。

もうすぐ死んでしまう人間に、そんなことを望む権利もないだろう。

二人歩く未来をあげることも、この心を返してあげることも、できない。

（あの子の好意に、俺の好意を返してなんになる？　もうすぐこの世からいなくなる人間なのに……無意味に、悲しませるだけで終わる）

リカルドは今の自分の現状を、恨めしく思った。

（あの可愛い女の子を、ただの竜騎士であった俺が見つけることができていたなら）

リカルドの想いに、彼女が愛らしい薄紅色の唇で肯定の言葉をくれるなら。きっともう二度と離さない。離してくれと泣いて頼まれても、離せないだろう。

そう思った。数えるほどのほんの少しの回数しか会っていないのに。

それほどまでに、心まで、囚われてしまっていた。

「あの……私。歌を、仕事で歌うんです。あまり上手くないかもしれないんですけど……良かったら、聞いてもらえますか？」

今日もいつも通りゆっくりとした口調で、昨日あったことなんかを話していた彼女は、突然意を決したように、椅子に座っているリカルドにそう言った。

リカルドが戸惑いつつ頷くのを確認すれば、彼女は嬉しそうにして笑った。息をすうっと吸い込むと、独特の調子で歌い始めた。

（ガヴェアの民謡《みんよう》か……この子が歌うと、なんでも可愛いな……）

もうすぐ死んでしまう人間から、好意を見せられても残された彼女は困るだけだろう。できるだけ彼女に対し表情を変えずに反応は返さないようにしていたリカルドは、それでも「もう来ないでくれ」と言うことだけは、どうしてもできなかった。

もし、彼女を想えば言わなければならないのは、リカルドにもわかっていた。

知り合って情が移ってしまった人間が、死ぬのは誰だって辛い。彼女にそんな思いをさせるのは、忍びなかった。

だが、こんな敵意だらけに囲まれた檻の中でただひとつだけの慰めを手放すことは、リカルドにはどうしてもできなかった。

（最後の……最後の、我が儘《まま》か。こうして、わざわざ俺に会いに来てくれる彼女と会うことを、拒むことだけは、絶対にしたくない……悲しませることを、許してほしい）

だが、心まで通わせてしまえば、よりいなくなれば辛いだろう。それだけは、リカルドは踏み越えてはいけないと自分に言い聞かせていた。

あまり上手くないと言って歌い始めた彼女の歌は、技巧的《ぎこうてき》には拙いかもしれない。

けれど、その可愛らしい声で歌えば、誰もが振り返り、心癒されるはずだ。

一生懸命に歌う彼女にリカルドの心は癒され、慰められた。

竜騎士としての信念を持ち、契約を交わした竜のワーウィックのためなら、この身を捧げることを決めた。

だが、この世に未練がないとはとても言えなかった。

一度心を定めた決断で潔くなんて、死ねなかった。

迷いは多々あり、自分に好意を持ってくれた女の子を悲しませることがわかっていても、手を振り解《ほど》くことができなかった。

(不遇の身にあるという彼女を連れて、逃げ出せたら……俺の手で、幸せにできたら)

歌い終わった彼女は、少し恥ずかしそうにしてはにかんだ。

歌のお礼に拍手で返しながら、リカルドは、どうしても何度も躊躇いながら彼女に別れを告げることができなかった。

その日は、なんだかリカルドのいる檻の前に来た時から、女の子の様子がおかしかった。

いつも、リカルドの顔を見れば微笑んで嬉しそうに、はにかむのに。

今日は切なそうな表情で、背の高いリカルドを見上げるのだ。

一瞬だけ、泣きそうになったようにも見え、リカルドは眉を寄せた。

（……何か、悲しいことでも、あったのか？）

浮かない顔をした彼女がぽつりぽつりと話し出した内容は、なんでも突然縁談が纏まったのだと言う。

だから、もうここには来ることができないと、続けてそう言った。

リカルドは、自らの心臓が話を聞くごとに速度を上げていくのを感じた。

自分はもうこの先、死にゆく人間だ。覚悟はできていた、できていたはずだった。けれど、彼女の言葉を受け入れることを、心が拒否をしていた。

そうして思ったのだ。自分の相棒、あの赤い竜、ワーウィックさえいれば彼女を連れ去ることもできるのに。

（ワーウィック！　くそ、なんで今いないんだ！）

心の叫びに応えるように、高く響く鳴き声が聞こえた。

(リカルドリカルドリカルド!!)

まさか返ってくると思わなかった悲痛な叫び声が心の中で聞こえて、リカルドは一瞬思考を止めた。

竜特攻の攻撃魔法を受けて、大怪我をしているはずの相棒の声がする。

(いや……切望のあまりに、聞こえた幻聴なのかもしれない)

状況を鑑《かんが》みて、冷静にリカルドはそう思った。

こんな場所に大怪我をしたはずのワーウィックがいるなんて、有り得ないはずなのだ。

だが、絶対に有り得ないことなどないと思い返す。

檻の中の死にゆく男の前に、天使が現れたように。

もう一度、半信半疑で呼びかけてみた。

(……ワーウィック?)

(リカルド、僕だよ! 君を皆と一緒に、迎えに来たんだ! イクエイアスが一緒に近くまで来てくれて、この王都を守護している魔法を弱めてくれている。でも、魔法障壁が強過ぎて、短時間しか保《も》たない。時間が過ぎれば、僕たちだって閉じ込められてしまう。急いで逃げるよ！　今、どこにいる？）

本当に、心の通じたワーウィックの声だった。

どんなことになっているんだかリカルドには見当もつかないが、城から動かないはずの守護竜まで引き連れて、救いに来てくれたようだった。

頭の中で自分のいる位置を詳しく伝えると、それだけでもう相棒ワーウィックは理解をしたと短く返した。

もうすぐリカルドのいる場所まで、迎えに来てくれるだろう。

戦闘時に竜騎士が無敵と言われる所以《ゆえん》は、こうして竜と心の中で素早い連携を取れるという点もある。

リカルドは、自分が今ある状況を素早く計算した。

できれば、女の子を連れて帰りたいが、ワーウィックが迎えに来るまでに激しい戦闘になる可能性もあった。

（可愛い彼女を、どんな危険な目にも遭わせる訳にはいかない……）

リカルドは椅子から立ち上がって近づくと、鉄格子越しに目を合わせて彼女に名前を聞いた。

名前さえわかっていれば、後で秘密裏に彼女を迎えに来ることもできるだろう。

戦闘特化の竜騎士のくせに、諜報《ちょうほう》活動が得意なブレンダンあたりに頼めばきっと上手くやってくれるはずだ。

「スイレン・アスターです。竜騎士さま」

スイレンは、可愛らしい鈴の音のような声で言った。

(可愛い名前だ。この子に、よく似合う)

そして、できるだけ早くここから去るように伝えた。

本当は後で迎えに来ると、もっと詳しく事情を説明しておきたかった。

だが、飛行する竜の速度は神速《しんそく》を誇る。

ワーウィックの心の声が聞こえる範囲にいるということは、もうそう時間に猶予はない。

そうこうしているうちに、王都全体に警戒音が鳴り響き、慌てふためいた衛兵たちの姿も見え始めた。

「走れ!」

リカルドのその大きな声に、警戒音を聞いて呆然としていたスイレンは我に返ったように走り出した。

大型の攻撃魔法の音もする。

魔法大国ガヴェアには、多くの詠唱《えいしょう》不要の魔導《まどう》兵器があるというから、それが火を吹いたのだろう。

リカルドはあの女の子が、どうしても心配になった。

（遠くまで、逃げてくれよ……）

彼らの目的がリカルドであることは、ガヴェアも承知《しょうち》なのだろう。檻のある広場は、混乱を極めてきた。

衛兵たちも、殺気立っている。

（スイレンも、何かに巻き込まれて怪我なんてしなければいいが）

心配になって辺りを見渡したリカルドの頭の中に、待ちに待っていたワーウィックの声が響いた。

（お待たせ！　リカルド！）

深紅の竜ワーウィックが音を立てて、一直線に広場に降り立った。

檻の中にいる自分を見て、相棒の竜騎士をこんな酷い目に遭わされた怒りで我を忘れているようだ。

いつもは命の危険のあるような戦闘時といえど冷静な判断を下す竜が、鋭い牙を剝き出し激しい威嚇音を鳴らしている。

口から激しい赤いブレスを吹き、それを見た多くの衛兵たちが逃げていく。

ワーウィックが軽く鉄格子を摑むと、簡単にたわむ。

リカルドはその隙間から檻を出て、ワーウィックの頬に手を当てた。

（怪我は、もう治ったんだな。心配した。良かった）

（こっちの台詞《せりふ》だよ！　僕の命乞いをするなんて、バカな真似をして……もういい。後にしよう。とにかく、すぐに飛び立つ。もう時間がない）

先ほどのイクエイアスの話を思い出したリカルドは頷いて、ワーウィックの背に取りつけられている鞍に飛び乗った。

ワーウィックはリカルドが乗った瞬間に、一気に飛び立った。

不安定な姿勢のままで手綱を握りしめる、その時に信じられないことが起こった。

数え切れないほどの無数の花が、空へと飛び立とうとするリカルドの周囲に咲いたのだ。


（もしかして、あの子が……？　スイレン！）

リカルドは、咄嗟に思った。

慌てて下を見下ろすと、さっき危険な場所から逃がしたはずの可愛い笑顔で微笑んでいる。

それだけが、一瞬だけ見えた。

脳裏に焼きついた。

ワーウィックはそのまま加速して、竜騎士の仲間が待っている上空へと辿り着いた。

（え。何あの花……リカルド、理由わかるの？）

翼を大きく動かして滞空飛行しながらも明らかに動揺して戸惑っているワーウィックの

声が、聞こえてくる。

リカルドは訳もわからぬ焦燥感《しょうそうかん》に、襲われているのを感じた。

(あんな目立つことをして、大丈夫だろうか。罰せられたりしないだろうか。俺が後で迎えに来ると、ちゃんと伝えていれば……あんな無茶なことはしなかったのか)

心配だった。

どうして、また迎えに来ればいいと簡単に思ったのだろう。

あの時に一瞬だけ見えたあの子の顔が、最後になってしまう可能性だってあるのに。

(ワーウィック。一回、戻れるか)

リカルドの言葉に、ワーウィックは憤慨《ふんがい》した。

(何を言ってるの！)

せっかく命からがら助け出したところなのにと、ワーウィックは怒っている。

上位竜のイクエイアスが、ガヴェアの王都の守護魔法を弱めている時間は、もういくらも残されていなかった。

だが、リカルドはどうしても諦め切れなかった。

安全策を取るなら、一度帰って策を練り戻ってくることが良いはずだとは理解していた。

だが、あの子を救いたい、連れていきたい。その考えだけがリカルドの頭を占《し》めて、出ていかない。

（頼む。どうしても、連れていきたいんだ）

いつにない相棒リカルドの必死の声に、ワーウィックは瞬時《しゅんじ》に判断を下した。

迷っている時間は、もうなかった。

一気に速度を上げて、下降を始めた。

（チャンスは、一回だよ、リカルド。いくら僕でも、魔法障壁に閉じ込められたら、もう出られない）

リカルドはワーウィックの言葉に何も返さず、意識を集中させた。

可愛いあの子の未来を手に入れる。その一瞬を、逃さないために。

第七章　葛藤

（……俺。くさくないかな……）

ワーウィックに乗り、咄嗟の判断で連れ去ることを決めたスイレンを腕に抱きながら、リカルドはそのことが気になって仕方なかった。

なんせ敵国に捕らえられてからというもの、二週間近くも風呂に入ってないのだ。

時折、スイレンが浄化《じょうか》の魔法を与えてくれていたので、いくらかすっきりはしていたが、自分の匂いは自分ではわからない。

五感が鋭いワーウィックに、さっき（俺、くさくない？）と聞いたら（は？　バカじゃないの）と、リカルドにとってみれば切実な気持ちを一蹴《いっしゅう》された。

間近にいるスイレンからは、花のようないい匂いがするから余計だった。

異性とこんなにまで近づいたのは、婚約者のイジェマの社交界デビューの時にどうしてもリカルドのエスコートが必要だったので、その時にダンスして以来のことだった。

もっとも、リカルド側の持つ好意の度合いが、天と地ほどの隔《へだ》たりがあった。イジェマには嫌われても気にせずに仕方ないと流せてしまえるだろうが、スイレンには絶対に嫌われたくはなかった。

どうしても気になってワーウィックに自分の匂いのことを何度も聞けば、呆れて心を閉ざしてしまったのか、全く返事しなくなった。

（何か言え……お前だけが、頼りなのに）

お喋りな性格のくせに、こういった必要な時に黙り込むとは。

いつもワーウィックの長いお喋りに付き合わされているリカルドは、納得がいかないと不満に思った。

途中、ブレンダンが何か言って揶揄ってきたような気がするが、前に座ったスイレンのことが気になるあまり内容をよく覚えていない。

背後から抱き竦める形になっているのは、竜に騎乗する姿勢ゆえ仕方ない。完全にこれは不可抗力だが、彼女のやわらかな感触といい匂いがたまらなかった。

今まで鉄格子に阻まれて、触れることすら叶わなかった。

高まっていく気持ちは、察してほしい。

高速飛行を終え竜舎にまで辿り着くと、とにかくリカルドは自分の家に帰って風呂に入ることだけを考えていた。

上司である団長が呼び止めてきたような気もするが、そんな場合ではない。もう、無視だ。

（早く、この体を洗いたい……）

リカルドはとにかく、恋をしたスイレンの前で清潔でいたかった。

不潔だからと嫌がられてしまえば、好きになってもらうような努力すらもさせてもらえない。好みにうるさく一度無理だと思ってしまえば二度目の機会も与えぬような、気難しいイジェマのような女の子ばかりではないとは理解はしていたが、リカルドは万が一にもスイレンには嫌われたくはなかった。

初めて竜に乗っての飛行で腰が抜けてしまったのか、自分では立てなくなって横抱きにして移動したスイレンをソファに座らせ、一目散《いちもくさん》に風呂へと向かった。

（……うわ。こんな顔で、彼女の前に出ていたのか）

久しぶりに鏡を見れば、無精髭は伸び放題だ。今までの経緯を考えれば仕方のないことだが、髪の毛もべったりとしている。

救いはスイレンが時折与えてくれた浄化の魔法がいい仕事をしていたのか、目立つ汚れはないことだろうか。

汚れ切った黒い竜騎士服を脱ぎ捨てて、急ぎ温かい湯を浴びる。

久々の風呂は爽快《そうかい》だが、なんの説明もしないままスイレンを待たせている。大事な存在を、不安な気持ちのままで待たせていたくはなかった。

リカルドは、必要最低限のことだけをして浴室を出た。

状況説明を終えて、一緒に暮らそうと言えば、嬉しそうにはにかんで了承してくれて、それだけでも天にも昇る気持ちだった。

（きっと彼女も同じ気持ちだとは思うが……今は婚約者がいる。とにかく急いでイジェマとの婚約解消を進めなければ。スイレンに、不誠実な男だと思われてしまうかもしれない）

初めての恋をした、可愛い女の子。

スイレンに嫌われてしまうことを、リカルドはひどく恐れていた。

⚜

その日の夜。近所に家のあるブレンダンが団長から預かったと言って、明日予定されている凱旋式の書類を持ってきた。

自分が拷問《ごうもん》を受けて満身創痍《まんしんそうい》だったとしたらどうするつもりだったのかと聞けば、檻の中に入れられて広場で見世物になっていたのは、こちらでも周知の事実だったらしい。

（なるほど。あの短時間での無茶な救出劇も、そう言われてしまえば納得できるな）

ざっと書類に目を通していけば、祝福のキス（婚約者か王女）と書かれていて、リカルドはうんざりして大きくため息をついた。

この国の世継ぎの王女は、何故か英雄視されているリカルドを殊の外気に入っていた。婚約者のイジェマという存在。いわば、防波堤《ぼうはてい》がなければ、無理矢理にでも結婚させられていたかもしれないからだ。

お互いに嫌だが、ここはイジェマになんとか出てきてくれと、頼むしかないだろう。後で報酬として高価な何かを買わされるかもしれないが、仕方ない。

(仕事だと思って、割り切ってもらおう)

世継ぎの王女に好かれているという事実は、彼女に好感を持てないリカルド本人からすれば、ただの災《わざわ》いでしかなかった。

絶世の美女と呼ばれなんの問題も見つからないパーマー家令嬢イジェマがいなければ、無理矢理にでも迫ってきそうな勢いだった。

「あの女の子は、この家にいるの？　ここに住むの？」

スイレンを気にしている様子のブレンダンは騎士学校で同期で、とにかく女の子にモテる。商人の息子で口も上手いし、手も早い。

いわゆる女の子が好きそうな、爽やかで甘い顔を持ち整った容姿をしている。

危険人物だ。

リカルドは、できるだけスイレンにはブレンダンを近づけたくはなかった。

いくつかの質問に生返事しながら、書類に目を通していくと、扉の方から控えめなノックの音がした。

部屋の主のリカルドが止める隙もなく、近くにいたブレンダンが扉を開く。

ブレンダンが急に上機嫌になって、自己紹介をしていた。

なんだか嫌な予感がしたリカルドが止めに入れば、可愛い寝巻きを身につけたスイレンがおやすみの挨拶をしに来ていた。

（今までも、あんなに可愛かったのに。もっと可愛くなっている）

彼女を見た衝撃に、リカルドは頭の中が沸騰しそうになった。

そうとは見えなかったが、今までの汚れを取り去ってしまったスイレンの白い肌は輝く真珠のようで、その栗色の髪は艶々していた。

（可愛過ぎて、目の暴力《ぼうりょく》だ）

とにかくブレンダンの目から隠そうと悪あがきをして、リカルドは二人の間に無理矢理体を滑り込ませた。

何も知らないブレンダンがスイレンを城での凱旋式へと誘い、祝福のキスの文字を思い出したリカルドは大きな声でそれに否定の言葉を言ってしまった。

スイレンは、大きな声にびっくりしたのか目を見開いた。

言い過ぎたと思ったが、もう遅い。

とにかく凱旋式には来てはいけないとだけ言い聞かせ、リカルドの言葉に大人しく頷いたスイレンは自室へと帰ってしまった。

仕事の書類を持ってきたブレンダンがいなければ、あのスイレンと少し話でもしたかったのにと思うと仏頂面になってしまった。

「おいおい。あんな言い方ないだろ。スイレンちゃん、びっくりしてたじゃないか」

そう不満げに言っているブレンダンの言葉は、もう無視をした。

（スイレンは隣の部屋で、今はもうベッドに潜り込んでいるだろうか）

寒さに凍えさせたり食べ物に困らせたりは、絶対にさせない。

これからあの子が快適に暮らせる場所を与えてあげたかった。

そうしたら、自ら望んでリカルドの傍で笑っていてくれるかもしれない。

あの可愛らしい笑顔を、もう二度と曇《くも》らせたくはなかった。

◆

「婚約解消したいんだけど」

「賛成するわ。すぐに手続きしましょう」

久しぶりに会うなり言い難そうに切り出したリカルドに向けて、人前に出る用の華やかなドレスを身につけたイジェマは、間髪を入れずに頷いた。

婚約解消を望んだのはリカルドだが、イジェマの前ではどうにも複雑な気分になってしまう。

リカルドはイジェマのことは、別に嫌いじゃない。

彼女の外見は、素直に美しいと思う。

ただ向こうがリカルドのことを、嫌いなだけだ。

都会的で洗練されたものが好きなイジェマは、鍛え上げた体も竜騎士という職業についたことも。

無骨で女の子に対して、気の利いたことひとつ言えない性格も気に入らなかったのだろう。

「お父様を、どうにかして説得しなくちゃダメね」

イジェマは、頑固な性格で有名な自分の父のことを思い出したのか渋い顔をした。

パーマー家の当主であるイジェマの父は、リカルドの亡くなった父と親友だった。

それが縁で、二人は婚約することになったのだ。

もう結婚していてもおかしくない年齢での娘との婚約解消は、彼にとっては家への侮辱《ぶじょく》と取られかねない。

「……君の恋人も、それなりの地位にいる。彼と結婚すると言えば、お父さんもそれほど文句も言わないいんじゃないか」

リカルドのその言葉を聞いて、イジェマは形のいい片眉を上げた。

ふうんと、息をついて佇んだままのリカルドを見た。

「……知っていたの。あなたは、そういうくだらない噂話とは無縁だと思っていたわ」

イジェマが言った言葉に、リカルドは大きくため息をついた。

いつも、そうなのだ。

どれほど身分や年齢が釣り合おうが、イジェマとは決定的に合わない。

彼女がどんなに美しかろうが、合わない人間といると互いに神経が擦り減る。

互いにわかってもらえないと、嫌な思いをするだけだ。

「君の中の俺って、どんな人間なんだろうな……さすがに、君とロイドの仲を知らない人間は城で働く人間ではいないだろう」

リカルドの言葉を聞いて、彼女は悪びれなく肩を竦めた。

近衛騎士であるジャック・ロイドは、有名だ。

今は世継ぎの第一王女の近衛を務めているのではなかったか。輝かんばかりの美しさは、並ぶものがないと言われるほどに有名な騎士だ。

彼が美しい容姿を持つイジェマの隣に立てば、さぞお似合いだろう。

「リカルド……もう行きましょう。そろそろ時間だわ」

イジェマが、リカルドに向けて手を差し出した。

竜騎士リカルドの無事な姿を確かめたい物好きな国民たちの騒《ざわ》めきが大きくなる。

(これも、仕事だ。英雄と呼ばれる竜騎士の)

「君とこうして並び立つのも、最後だと思うとなんだか寂しくなるな」

イジェマの手を取り、国民への無事の報告をするための大きなバルコニーへと進んだ。

幼い頃から婚約者と言われ、ことあるごとに二人で並び立ってきた。

両者には互いに甘い感情は皆無《かいむ》なので別に未練がある訳ではない。

だが、これでもう最後だと思うと、やはり何か感じるものがあった。

「そうかしら。きっとこの後に、あなたの可愛い人と会ったら、私のことなんて一瞬で忘れてしまっているわ。そういうものだもの」

突然リカルドが婚約解消を言い出した理由なんて、何も言わずともお見通しらしいイジェマは隣で微笑み、そうして前を向いた。

（あの女の子なら、さっき竜舎に来たよ。今は、ブレンダンとクライヴといるみたいだよ）

心配になり家に帰れば、いるはずのスイレンがいない。

慌てて竜舎にやってきたリカルドに呼ばれたワーウィックは、面倒くさそうにして答えた。

近くにいた騎士見習いに言って、気乗りしない様子の赤い竜に急いで鞍を付けさせる。

式典用の正騎士服は見た目華やかだが、動きづらい。だが、この後も面倒な予定があるために、着替えている暇がなかった。

リカルドはとにかくやる気のないワーウィックを急かして、空へと舞い上がる。

竜同士は近距離であれば、お互いの気配がわかる。

ワーウィックが近くの空を飛んでいたクライヴを見つけるまでに、そう長くはかからなかった。

（あ。あの女の子。ブレンダンが、あんなに近づいてる、どうするの？　リカルド）

青い竜クライヴの背に乗り、寄り添っている二人を見て少し面白そうな声で実況したワーウィックはリカルドに尋ねた。

リカルドはスイレンに顔を近づけているブレンダンを見て、頭に血が上る前に逆に冷静になった。

（この距離にこの角度か。あいつなら、すぐに躱《かわ》すことも可能だろう。まあ、当たってもクライヴの背に乗っているから、竜の守護はあるはずだし。あのバカの背中が、軽い火傷《やけど》

を負うくらいだな）

スイレンには危険は絶対にないという計算をして、リカルドはワーウィックに言った。

（ブレンダンに向けて、ブレスを吐け。ワーウィック）

（えーっ！　万が一にでも、女の子に当たったらどうするんだよ。リカルド）

戸惑う相棒の声が、聞こえてくる。

（あいつは何をどう間違っても、女の子のスイレンに当てるような真似はしない）

そこに関しては、ブレンダンに対して妙な信頼感があった。それに、クライヴはこちらの気配に気がついている。

万が一ブレンダンがスイレンに見惚れて何もしなくても、あの聡《さと》い竜がなんとかするだろう。

リカルドの本気を感じたワーウィックは、口の中に魔力をため始める。

（正確に狙えよ）

（うるさいなぁ。もう。気が散るから。リカルドは、黙っていてよ）

ブレンダンから奪い返したスイレンに魔法の花を出してもらったワーウィックは、今までに見たことがないほどに上機嫌になっていた。

すこぶる機嫌のいい時の、鳴き声をしている。この声を聞くのは、久しぶりだった。

一方、リカルドは華やかなお洒落をしているスイレンを後ろから抱き竦め、落ち着かない気持ちで胸はいっぱいだった。

(服を買ったのが、ブレンダンなのは気に食わないが……どこからどう見ても、妖精以上に可愛い。存在しているのが、信じられない)

リカルドは伝承《でんしょう》に聞く妖精を直接見たことはないが、きっと存在しているんだとしてもこのスイレンの可愛さには敵うまいと思った。

彼女の細い体によく合ったドレスを着て、リカルドには何がどうなっているか全くわからない凝った髪型をしていた。

それに、ただでさえ可愛い顔に、化粧もしていた。

(その愛らしい唇を、今奪うことができたら……)

そんな不埒《ふらち》なことを考えていたリカルドの頭の中に、スイレンに夢中になって存在をすっかり忘れていたワーウィックの声が響いた。

(ねえ。リカルド。このお花甘いからもっと欲しいって言って。それにスイレンのことが気に入ったから、いつでも会いに行くから、会いたくなったら呼んでくれてもいい。さっきのクライヴなんかより、僕の方が魔力も多いし。レベルだって高い。飛行だって速いし、優れているのは僕の方だよ)

年齢の近いブレンダンの竜クライヴを、以前からライバル視しているワーウィックは言った。

どうにもクライヴがスイレンの花を先に食べていて、それを去り際にワーウィックに自慢していたのがとても気に食わないらしい。

ワーウィックとクライヴは同じ時期に生まれたらしく、持って生まれた性質が真逆のせいかよく争っている。

レベルは抜きつ抜かれつだからそう変わらない気もするが、さっきの話からすると現在はワーウィックの方がレベルは高いらしい。

スイレンにワーウィックの言葉をきちんと説明してやると、やっと満足げな声を出した。

（……リカルド。スイレンは、可愛い格好しているんだからちゃんと褒めてあげなよ。なんで君は、そんなに不器用なんだろうね。貴族なんだから心にもないことも言わなきゃいけない身分だろうに。心から大声で叫んでいることくらい、口にしなよ）

家に帰るために下降をし始めたワーウィックは、呆れたようにリカルドに言った。

リカルドだって、それは痛いほどに理解していた。

頭の中にはどう言えばいいか、こういう時に使う女性に対する賞賛の言葉が渦巻いている。

何かを言わねばと迷って迷った末に、口から出てきた言葉はワーウィックに（もっと上手い言い方できなかったの？）と、呆れられるものではあったが。

スイレンと妹のクラリスの二人は、同じ年頃だということもあって意気投合したようだった。

その事実に、リカルドは安心して胸を撫で下ろしていた。

唯一の肉親であり、武骨《ぶこつ》なリカルドとは違い、貴族として処世術に長《た》け抜け目のないクラリスに気に入られれば、スイレンと結婚してもそう障害もあるまい。

クラリスの病気に、スイレンはひとつの推論を示してくれた。ある魔植物の種が原因で、彼女の住んでいたガヴェアでは、よくある症状だったらしい。

もしその推論が当たっていたなら、もう治らないと思っていたクラリスの病状も良くなるかもしれない。

とりあえず、ある程度の期間囚われていたリカルドが持っている仕事がひと段落したら調べてみようということで、スイレンとの話は落ち着いたと思っていた。

（リカルドリカルドリカルド）

その日の夜は、ためていた書類仕事を家に持ち込んで処理をしていたため、リカルドが寝たのは真夜中になってからだ。

深い眠りの中で、泣きそうなワーウィックの声が呼んでいるような気がした。

浮き上がるような目覚めの中で彼の声がまた頭の中で繰り返されて、リカルドは慌てて飛び起きた。

（……ワーウィック？　何があった？）

（大変なんだ。早く起きて！　スイレンが！）

起きたての頭に、一気に情報が流し込まれた。

寒い高山の岩場で、黒い裂け目に落ちてしまうスイレンの映像も。

リカルドはとにかく寒い場所に行く用の服に着替えて、戸棚から適当な冬服を掴むと、二階の窓から飛び降りた。

ワーウィックは、背に鞍を載せていない。

帰りにスイレンを連れ帰ることを考えれば、一度竜舎に行くしかないだろう。

竜に乗り慣れたリカルドを最速で飛行したワーウィックは、件の岩場まで辿り着くと、リカルドをスイレンの落ちた岩の裂け目まで行って早く早くと急かした。

リカルドが大きな裂け目に入り込めば、意識を失っているスイレンは倒れ込んでいた。

その手には、鮮やかな黄色の花だ。

スイレンの細い体を触れれば、ひどく冷たい。

急いで冬用の大きなマントで包み込めば、冷たくなった肌を直接温めるために彼女の服を脱がせた。

下着と体に似合わぬ大きな膨らみも垣間見えて、リカルドの頭に血が上る。

（これは、ただの医療行為だ）

そう言い聞かせて、冷え切った彼女を温めるためにリカルドも服を慌てて脱いだ。

ヒヤリとした肌の感覚が、身体に触れている部分全体に当たった。

スイレンの冷たくなっている身体を、熱を分け与えるように強く抱き締めた。

初めて見るスイレンの寝顔は、可愛い。

それに、彼女からは花のようないい匂いがする。

リカルドはあどけない寝顔に、キスがしたくなって堪らなかった。

何度か名前を呼びかければ、スイレンははっとして目を覚ました。

無事に意識を取り戻した事実にほっと安心したが、このままでずっと抱いていたい気もしてリカルドは複雑な思いだった。

ぎゅっとスイレンの身体を抱きしめれば、今の状況に動揺しているのか顔が真っ赤になっていた。

やきもきしながら外で待っているワーウィックからの急かす声に心の中で応えながら、大きなマントの中でスイレンに服を着せてあげた。

ぶかぶかでサイズの合わないリカルドの服を着ているスイレンは、本当に可愛かった。

（スイレン！　無事で、良かった。今度デートする時は、絶対にもう離れないからね）

甘えるように声をかけたワーウィックに、リカルドは大人げないことを言いながらその背に乗った。

後ろから抱え込んだ柔らかな温かな体を、失わずに済んで良かったと心から思う。

スイレンは心配をかけてしまったせめてものお詫びにと、帰る途中、ワーウィックに花を出してあげていた。

竜にはその花がひどく甘く思えるらしく、お菓子をねだる子供のようにもっともっとと高い声を出して甘えている。

あまり食べると太るぞ、と言ったら（これを食べて太るんだったら本望だよ）と、振り返って満足げなどや顔をされた。

（それはそうとして、お前。飛べなくなったらどうするんだ）

黙ったまま呆れた顔をするリカルドを不思議に思ったのか、スイレンは振り返って首を傾げた。

彼女の微笑んだ顔を朝日が照らし、とても綺麗だったのが印象的だった。

第八章　恋の行方

（イクエイアス。お願いだよ）

何度も繰り返されたワーウィックのおねだりに、この国を守護するという契約を初代王と交わしている白い上位竜は、困惑《こんわく》しているようだった。

ワーウィックの隣で彼を見上げているリカルドは、この状況に何も言えなかった。

確かに自分の竜ワーウィックが、先の大戦でどれだけの目覚ましい活躍をしたという事実は相棒のリカルドが一番に理解しているからだ。

戦勝の記念に褒美《ほうび》をというイクエイアスの申し出も（思いついたらね）と、濁していた赤い竜が願ったのは、一足先に人化の魔法を使えるようになることだった。

（ワーウィック……そうはいっても、あれは体に負担がかかってしまう。いくら能力も高く優秀だとはいえ、成竜になったばかりのお前にはまだ早い。使いこなせないだろう）

イクエイアスは、ワーウィックに人化の魔法を授けることに対し難色を示していた。

（そのまま……断ってくれないかな）

リカルドは守護竜の前で神妙な顔を崩さないままに、内心はそう思っていた。

甘え上手な、ワーウィックのことだ。

人化できるようになれば、お気に入りのスイレンの傍に入り浸るのは目に見えていた。これからスイレンとの時間を大切にしたいと考えているリカルドには、邪魔以外何物でもない。

（僕は、使いこなせるよ。イクエイアス！　お願いだから、人化したいんだ！）

繰り返される真っ直ぐなお願いに、ついにイクエイアスは折れた。

どんなに理由を付けて説得を試みても、諦めないワーウィックに根負けしてしまったとも言う。

何度か人化の魔法を練習していると、もう日は暮れていた。

今日はスイレンに早く戻ると言っていたので、途中で先に帰っていいかリカルドが聞くと、（スイレンを驚かせたいからだめ）と、よくわからない理由で引き留められた。

大きくため息をついたところで、時計の針は遠慮して止まってはくれない。

リカルドは高山に行った日から、体調を崩しているスイレンのことが心配だった。

早く彼女の様子を見に、家に帰りたかった。

やっとの思いで帰宅すると、まだベッドに横になっていたスイレンと会うなり、彼女に抱き着いたワーウィックを引き剝がし、人化できるようになった経緯を説明をした。

スイレンは、人化した男の子ワーウィックを見て目を輝かせて喜んだ。

その姿を見て、リカルドは微妙な気持ちになってしまう。

救いなのはワーウィックの姿が、幼い少年だということだろうか。これで自分と同じ年頃だったりすれば、色々と耐えられそうにない。

視覚的にも、それに気持ちの面でも。

◆

「……ブレンダンの実家で、働く？」

夕食時にスイレンの言葉を聞いて、思わず反射的に眉を顰めてしまったのをリカルドは自分でも感じた。

スイレンはそんな表情を見て、緊張している様子だ。

心配だからと働くことを反対すれば、ワーウィックに完璧な反論をされて、頭に血が上り思わず自分の部屋に戻ってきてしまった。

だが、なんであんなことを言ってしまったのかという後悔だけが、リカルドの頭の中をぐるぐると回っていた。

優しく真面目なスイレンだって、金さえ出せばなんでも許されると思っていたリカルドの浅はかな思い込みに、呆れてしまったかもしれない。

リカルドの部屋にまで来て話の続きをしてくれたスイレンは、リカルドが思っていたより働きたいという気持ちは純粋で、そして真っ直ぐで誠実だった。

頭ごなしに反対をしてしまったリカルドを責めるでもなく、自分がどうしたいかをきちんと説明し、それでいてちゃんとリカルド側の意見を聞いてくれる姿勢を見せてくれた。

（こんなに良い子に……俺は、なんてことを言ってしまったんだ）

あまりに健気なスイレンに、ガツンと頭を叩かれた思いだった。

自分を信頼して、じっと見上げてくれる若草色の瞳に応えたかった。

「スイレン……もう少し、もう少しだけ待ってほしい。そうしたら、君に言いたいことがある」

リカルドはその言葉を絞り出すだけで、精いっぱいだった。

幼い頃から決められた婚約者もいて、一〇代はひたすら竜騎士になるために鍛錬をしてきた。

そして竜騎士になり、以来ずっと多忙だったリカルドは恋愛ごとに対してはめっきり疎い。

好意的な想いを向けたリカルドにこう言われたことで、今の状態ではなんの約束もあげることのできないスイレンがどう思うか。

どう行動するかなんて、考えられなかった。

ただただ、リカルドは自分の元から、自立して今にも飛び立ってしまいそうな彼女を繋ぎ止めるものを必死で探した結果、出てきた言葉がこれしかなかった。


「……リカルド。お疲れ。今帰り？」

更衣室で着替えを済ませ帰り支度をしていたリカルドは、いつの間にか部屋の中にいた同僚のブレンダンに気がついた。

ブレンダンは戦闘特化で最前線を守る竜騎士の一人だというのに、戦闘以外の能力に関しても騎士学校での成績は飛び抜けていた。

騎士学校の時代から、なんの努力もしていなさそうな素知らぬ顔で、あっさりと与えられた難題をこなすのだ。

そんな彼は色んな人間に妬まれていたようだが、それすらも特に気にする様子もなく気にする素振りも見せずさらりと躱す。

誰もが彼を知れば思う通り、天からいくつもの美点を与えられていたリカルドの同期で同僚だ。

その上に、女好きのする甘い顔立ちを持つ、王都でも有名なガーディナー商会の跡取りだ。平民出身の気安さも相まって竜騎士団の中でも、若い女の子たちからの抜群《ばつぐん》の人気を誇っている。

（こいつ……スイレンには、本気なんだな）

難敵《なんてき》になりそうな同僚と同じ女の子を好きになったことは、さすがのリカルドも肌で感じていた。

通常であればそういった誘いを待つ身の麗しい女性から、ブレンダンは数え切れないくらいに声をかけられていた。

なけなしの勇気を振り絞った様子の可愛らしい女性から誘われて、悪い気がするはずもない。

気が向いたり時間が合えば、そういった誘いには、何度か乗っていたようだった。

だが、スイレンに対しては家にまで会いに行ったり、実家の商会を職場として紹介したり。今まで誰にも本気を見せることのなかったブレンダンとは、明らかに様子が違っていた。

「今、帰るところ。何か用か？」

「うん。スイレンちゃんに、仕事の予定を渡したくて」

そう言って、ブレンダンはリカルドに手紙を差し出した。

「……わかった。家に帰ったら、渡しておく」

とはいっても、好きな女の子に別の男からの手紙などを、望んで渡したい訳もない。

思わず顰めっ面になったリカルドは、手に持っていた荷物に手紙を入れた。

「リカルド。イジェマとの婚約はどうするんだい？」

「……婚約解消する。今、その方向で動いている」

短く問いに答えたリカルドに、ブレンダンはふうっと息をついた。

「スイレンちゃん。なんだか、最近元気ないけど……リカルドは、何か心当たりある？」

「……ない」

「一緒に、住んでいるのに？」

ブレンダンは、心底不思議そうな様子で言った。

別に微妙な関係になってしまったリカルドを挑発している訳でも、バカにしている訳でもないのは理解している。

長年の付き合いから、ブレンダンはそういった人間ではないことはリカルドにだってわかっていた。

だが、ただ無性に腹が立った。彼にはなんの非がないことも知っているのに。

（スイレンは、渡したくない）

ブレンダンは、騎士学校から続く同期で友人だ。リカルドにとっては大事な親友の一人だ。力量にそれほど差がないために職務上組むことも多く、戦闘時には一番に信頼を置いている。

だから、これも友人としてある種の忠告に近しいものだとは、心のどこかでは理解していた。

（スイレンだけは、譲れない……絶対に、嫌だ）

「ブレンダン。心配してくれるのは、有り難い。俺とスイレンの二人とのことに、お前が口出しするのはやめてくれないか」

貴族として育てられたリカルドが、こうした強い感情を表に出すことは珍しい。

抑え切れない感情が洩《も》れて、婚約解消も叶わない今はまだ、言ってはいけない言葉まで口から出そうになってしまった。

「……別に。二人の問題に、要らぬ口出しをしている訳じゃない。スイレンちゃんが最近元気なくて、僕はそのことが心配だっただけ。リカルドは家に帰っても彼女と一緒にいられて、本当に羨《うらや》ましいよ。僕も、できたらそうなりたい」

ブレンダンはやるせない様子でそう言い残すと、リカルドの返事を待たずに去ってしまった。

（元気がない……？　そういえば、最近、食事中も俺とあんまり喋らなくなったような気

がする。前は職場での出来事も、なんだって。よく、話してくれていたのに）

それを自分に知らせたのが、ブレンダンなのが気に食わなかった。

だが、スイレンのことは心配だった。

隣国から連れ帰ったものの、彼女に対しリカルドはしっかりとした安心感をあげられているとは言い難い。

だが、将来を見据えた約束をするにはまだ、時期尚早だった。

彼女に曇りのない想いを告げるために一刻も早くイジェマとの婚約解消を、進めなくてはいけない。


やっと、待ち構えていた手紙が来た。

イジェマの父親のパーマー家の当主から、ある程度の条件を提示《ていじ》されてはいるが、やっと二人の婚約解消に前向きな返事をもらえたのだ。

リカルドは喜びに飛び上がりそうな気持ちを抑えながら感動していると、自室の扉を叩く音に気がついて顔を出したスイレンに夕食に呼ばれた。

それに頷いてから夕食を取る前に了承の返事だけでも書いてしまおうと、リカルドは机へと向かった。

待ちに待った、イジェマとの婚約解消の時まで、もうすぐだった。

これさえ終わってしまえば、なんの気兼ねなくスイレンに想いを告げることができる。

そう思って、リカルドの心は浮き立っていた。

「あら。今日は、随分上機嫌じゃない。私の前で、リカルドがそんな表情をしているのを見るのは、初めてだわ」

仕事の合間に城の庭園で待ち合わせて、イジェマと婚約解消のための相談をする。

イジェマはリカルドとの婚約解消後、恋人であるジャック・ロイドと結婚するからと父親を説得して、それも上手くいっているようだ。

婚約中に恋人を持つことは、この国の貴族にはよくあることとはいえ、デュマース家とロイド家は貴族としての格も歴史もそう変わらない。

貴族としての打算《ださん》もあるだろうが、父親としては愛する娘が好きな相手と結ばれることを選んだのかもしれない。

「……俺が、随分な人でなしに聞こえるようなこと言わないでくれよ」

まかり間違って、スイレンに伝わったらどうしてくれるんだと思った。

婚約者のイジェマに会う時に人目があるこの庭園を選んだのも、密室で何をしているんだという妙な誤解をされたくなかったからだ。

イジェマはリカルドの反応を見て面白そうに扇の下で笑うと、宝石のように美しいと例えられる青い瞳でリカルドを見上げた。

「幼い頃から、ずっと。私に会う時は、ずっと仏頂面だったじゃない。でも、そうね、あなたにも、可愛い人が現れて。私は本当に良かったと思っているわ。心からね」

「それはどうも」

言葉の割には心が籠もっていなさそうなイジェマの発言にすげなく頷くと、リカルドはふっと辺りを見た。

何故か。花のいい匂いがして、家にいるはずのスイレンが近くにいたような、そんな気がしたからだ。

辺りには庭師が丹精込めた花々が咲き誇り、強い風が舞った。これだけたくさんの花が咲いていれば、スイレンが纏っているのに近い、いい匂いのする花もあるのかもしれない。

リカルドは気のせいかと思い直し、婚約解消に向けての計画をイジェマと話し合った。

◆

リカルドは、夢にまで見た書類に思いを込めて直筆で名前を書いた。

婚約解消の届け出を少しでも早く出したいからと、本邸にまで呼び出していたイジェマの名前を書かれた時には、万感の思いだった。

「この書類。私が帰りに貴族院に提出しておいてあげましょうか？」

さっぱりとしたイジェマがそう言ってくれたので、リカルドは彼女の言葉に頷いた。

彼女は、もうこれで私に用はないわよね、と言って足早に去っていった。

婚約解消の書類は、薄っぺらな紙一枚だ。

だがその書類に辿り着くまでの困難を考えたら、胸に来るものがあった。

パーマー家に支払った婚約解消の賠償は、それなりに多額ではあったが、別に家が傾くほどの額でもない。

竜騎士の俸給《ほうきゅう》は莫大だし、デュマース家の領地だって潤っている。その後に待っていることを思えば、何も惜しくはなかった。

それもこれも。すべてはあのスイレンに、今まで言えなかった思いを告白するためだ。

檻の中で会って以来、リカルドの心はずっとスイレンに囚われたままだ。

彼女の持つ愛らしい姿もそうだが、穏やかな性格や、それなのに自分の芯をきちんと持っているところ。

ひとつひとつ彼女を知れば知るほど、リカルドはより魅了《みりょう》されていってしまった。

このところ、何故かスイレンは憂い顔が多くなり、妙に頼りなげに見えて変な色気も感じさせるようになってきた。

もしかしたら、現在働いている先で、他の誰かに目をつけられているのかもしれないと思うとリカルドは気が気ではなかった。

けれど、やっと名実共にスイレンをリカルドのものにすることができる。

やたらと女の子に好かれるブレンダンと、接触が増えているのが気になってはいた。

最近のブレンダンは、あんなに嬉しそうにしていた女の子の誘いに乗らなくなってしまっているようだ。

もしかしたら、ブレンダンもスイレンに本気なのかもしれないと思うと気が急いた。

今日は、テレザに朝頼んでスイレンの好きだと言っていた煮込み料理を作ってくれているはずだった。

想いを告げる前に、少しでも彼女の気持ちを上向きにしておきたい。

リカルドは家に帰る前に、花屋に行って花も買って帰ろうと思った。

（いや……よく考えたら、スイレンは自分でいつでも好きな花を出せるのだから、花は要らないよな……いやでも、告白もまだなのにアクセサリーは重くないだろうか）

そんなことを考えながら、帰りの馬車の中可愛い彼女との未来を夢見ていた。

「……リカルド？　リカルド！　しっかりしてよ！　気持ちはわかるけど、固まっている場合じゃないよ。女の子一人でなんて……危険だよ。早く追いかけないと……」

すぐ後ろにいたワーウィックの焦った声に、リカルドは我に返った。

手にあるのは、家を出ていったスイレンが残した手紙だ。

彼女らしい可愛い筆跡《ひっせき》で色々と書いてはいるのだが、とにかく捜さないでほしいという言葉だけがリカルドの頭をぐるぐると回った。

（なんでだ。一緒に暮らそうと言ったら、あんなに……喜んでくれていたのに……）

まさかの突然の事態に、混乱している頭では、まともに物が考えられない。

リカルドは手紙を置くと、よろよろとした足取りで彼女の部屋にあるベッドに腰かけた。

リカルドが未来の伴侶《はんりょ》となるスイレンのためにと買い揃えたものは、そのほとんどが残されていた。

あの子はこの家から、ほぼ身ひとつで出ていった。

（何故だ……好意も感じていたし、上手くいっていると思っていた。だから……俺は）

いつも騒がしいワーウィックも、スイレンが出ていったことを知ってリカルドの受けた強い衝撃を察してはいるのか。大人しく隣に座って、何も言わなかった。

（……自分にできることは、全部してきたつもりだった。隣国から連れ去ることになった彼女の暮らしやすい環境を整え、婚約者だったイジェマとの婚約解消を急ぎ、外で仕事がしたいというのも心配ではあったが許容した。竜騎士としての仕事と領地を抱える貴族としての仕事の合間に時間を作り一緒に出かけたり、一人で取る食事が味気ないことを知っているからなるべく夕食時だけは一緒にいられるように自分なりに調整したりもした）

ひとつひとつリカルドは、彼女とのことを思い出しても、一体何が悪かったのか。どうしても、思い当たらなかった。

そして、告白もまだだというのに気が早いが、貴賤結婚になるために平民の奥さんを持つ竜騎士の先輩に教えを乞うたりもした。

（もう、すべてが無駄になったが）

リカルドは呆然として、言葉もなくした。

スイレンはリカルドといることを、喜んでくれていると思い込んでいた。

檻の中にいる敵国の人間に、勇気を出して話しかけるくらいなのだ。

（あんなに可愛いことをされれば、自分のことを気に入ってくれたんじゃないかと、勘違いしてもおかしくはないじゃないか。あの可愛らしい笑顔ではにかむような表情を浮かべ

られれば……誤解しない男などいないんじゃないか。今日、告白すればすべてが上手くいくとそう思っていた）

リカルドには手紙を読むまで、スイレンが絶対に受け入れてくれるという妙な自信があった。

一緒に暮らしている家を出ていくほどにまで、嫌われているなんて、かけらほども気がつかないほどに。

（あの子は……スイレンは、どこに行ったんだろう。ブレンダンに紹介された仕事で、それなりに稼いでいたことは知っていた。もちろん、スイレンが頑張った対価なのだ、それをどうこう思ったりはしなかった。もしかしたら、出ていく今日のためにお金を貯めていたということか……？）

生活にかかるお金を今まで苦労していた彼女に二度と悩ませたりしたくなかったリカルドは、潤沢過ぎるほどの金銭を家に置いていた。

いつでも、スイレンが欲しい物を買えるように。

彼女は困ったように笑って、それに手を付けることはなかったが。

（待て……もし悪い奴らに攫われたら？）

スイレンは花魔法しか、満足に使えないと言っていた。自分の身を守ることもできないのだ。

リカルドはそこまで思い至って、ようやく立ち上がった。隣に座っていたワーウィックは複雑そうな表情でそれを見上げ、眉を寄せた。

「……リカルド。スイレンの決断が、すべて君のせいだとは言わないよ。でも君は彼女の前で……言葉足らずだったと思う。すぐに愛を告げることはできないとしても、自分の今の状況や事情を説明するとか。不安にさせないように、何かやりようがあったんじゃない？　不安になっても仕方ないと思うよ。とにかくスイレンを捜そう。彼女の足ならまだ遠くに行っていないはずだ」

「……ワーウィック、竜化しろ。一度、城へ向かう」

「は？　何言ってんの、とにかく、スイレンを捜そうよ。ヴェリエフェンディはそれなりに治安が良いとは言っても、何も知らない女の子が一人でなんの庇護もなくいて、全く危険がないような街でもない。ここを、出ていくにしても……」

それなりに準備をしてから、と言いかけたワーウィックはこくんと息をのんだ。

隣にいる相棒の茶色い目が、戦闘前によく見るような本気の光を孕《はら》んでいたからだ。

「俺たちが一騎で捜したところで、たかが知れているだろう。今日非番の竜騎士に捜索を頼むんだ。今なら、鍛錬の終わりに捕まえられる可能性が高い。頭を下げて、空から捜してもらう」

「……街を低空飛行することは、僕たちは禁止されているよ。君が罰せられることに、なるかも」

いくらこの国で英雄視されているリカルドでも、他の竜騎士を巻き込んでの規則違反はお目こぼしが難しいだろう。

「それで……スイレンが見つけられるというのなら。本望だ。行くぞ」

ワーウィックは決意を込めた言葉に、何も言わずに頷いた。

リカルドは、何を犠牲にしたとしても、スイレンを捜すことに決めたのだ。

「そうか。なら結婚するのはもう少し先になるな……一年後か、早く君を俺のものにしたい」

リカルドは、スイレンを抱き寄せながらそう呟いた。

彼女のためなら待つことも別に苦ではないが、結婚できるまでに面倒な横槍《よこやり》が入ってくることは容易に想像がついた。

とにかく、スイレンとの婚約を急がねばならない。

（どこから、どう根回しをすれば良いんだろう。また、クラリスと相談をして、ある程度の足場を固めなくては……）

リカルドの言葉を聞いたスイレンは、戸惑っているように自分と結婚できるのか、と聞いた。

むしろリカルドはスイレン以外と結婚なんか、したくない。

彼女とできないのなら、クラリスの血筋を養子にでももらえばいいとまで考えていた。

貴族である身分が彼女の恋を邪魔するのなら、捨てることも別に構わなかった。

幼い頃からの努力で勝ち取った竜騎士であることは確かにリカルドの揺るぎない誇りだが、貴族の身分は偶然デュマースの家に生まれたというだけだ。

それ以外に、なんの意味もない。

寝入ってしまったスイレンの可愛らしい寝顔を見つめて、今日すぐに見つけられて心底良かったとリカルドは大きく息をついた。

スイレンがずっと屋内にいたなら、竜で上空から捜したところで見つかることはないからだ。

明日から同僚たちに相当揶揄われるだろうが、別に構わなかった。

なりふりなんて構っていられない。

これを失ってしまえば、もう生きていけないとまで思いつめているものを前にして、ちっぽけなプライドなどなんの腹の足しにもならないからだ。

これでやっと両思いになり、恋人同士になれた。

それをただの幸運だと片付けてしまうには、何か違う気がした。

あの檻の中、死を覚悟して絶望していたリカルドに舞い降りた天使がこうして自分の腕の中にいるなんて、誰も想像しなかったに違いない。

もちろん、リカルド自身だってそうだ。

柔らかな栗色の髪に、指を絡める。

(ずっと、こうしたかった)

隣の部屋に彼女がいると思うと、その事実だけで悶々《もんもん》として眠れない夜もあった。

だが、けじめだけはつけねばならないと、それだけを思ってこれまで我慢していたのだ。

スイレンを婚約者のいる貴族の自分に弄《もてあそ》ばれた平民の女の子という立場だけには、絶対にしたくはなかった。

だから、リカルドは自分の想いを告げる時は必ず婚約解消してからと思っていた。

それが今叶い、本当に嬉しかった。

すうすうと、規則正しい可愛らしい寝息が聞こえる。それを聞きながら、スイレンを後ろから抱きしめてリカルドは目を閉じた。

スイレンの花のような匂いはきっと花魔法を使えることにも関係あるのだと思うが、近くで嗅ぐと陶酔《とうすい》してしまいそうなほどにいい匂いだった。

花の香りで肺をいっぱいにしながら、幸せな気持ちだった。

（明日起きたら、なんて言おうか。これから一緒に何をしようか。スイレンは、俺に何をしてほしいと思うのだろうか。これからは……素直に彼女に聞こう）

リカルドは、そう心に決めた。

言葉足らずとワーウィックに言われたのが、思ったよりも堪えたからだ。

確かにリカルドには、言葉が足りない。

ブレンダンのように、自分の気持ちを素直に伝えられるなら、今回のように彼女を不安にして、思いつめさせるような結果にはならなかったのではないか。

いつも心の中で騒がしいワーウィックは、一応気を使っているようだった。今は心を閉ざしているのか、心の繋がりが全く感じられない。

竜騎士になって後悔したことはないが、ワーウィックとのかけ合いをたまに面倒になることもある。


しんとした静かな黒い夜の中。

世界に自分とスイレンと二人きりのような気もして、それも悪くないなとリカルドは思った。

「申し訳ありませんでした」

どんな処罰を受けても仕方がないと、覚悟を決めていたリカルドは竜騎士団が使用する大部屋にある団長室へと足を踏み入れ、頭を下げつつ開口一番にはきはきとした声で謝った。

頭を下げているので、謝罪した先の人が現在どの程度怒っているかはわからない。

（どうか、団長の機嫌が悪くありませんように……）

リカルドの上司であるヴェリエフェンディ竜騎士団団長のキース・スピアリットは、仕事のことに関してはとにかく厳しい。

街の上空で竜を飛行させるなどの由々しき規律違反について、激怒《げきど》していてもおかしくはない。

「……俺が今朝来てから、何があったと思う？　続々と各方面から、なんてことをしてくれたんだと抗議《こうぎ》された」

キースの口調は、怒りに任せて怒鳴りつけるでもなく、通常通りの口調で淡々としていた。だが、その状態こそが恐ろしいことを、入団三年目のリカルドでも知っていた。

「……申し訳ありません」

「事情は、ある程度聞いている。一生に一度の初恋に浮かれたのは……まあ、若気の至りで許せなくもない。あと俺の前で見苦しい言い訳をしないところも、評価しよう。だが、どんなもっともらしい理由を付けようが、規律違反は規律違反だ。規律は職務上守られるべきであり、それこそがお前たちの仕事でもある。許されないことをしたことは、自覚はあるな？」

「はい」

「いつも通り、連帯責任だ。とはいえ、関わった人間の数が多過ぎるので、全員を罰すると仕事に支障が出かねない。主犯のお前と、あと同期で罪は償《つぐな》え……いいな？」

「はい」

「わかったら、もう行って良い……リカルド。俺も、こういうことに関しては堅苦しいことは言いたくないが。これも仕事のうちだ。まあ、初恋が実って良かったな」

「ありがとうございます」

顔を上げて一度だけキースの顔を見て、リカルドは彼に神妙な態度で再度頭を下げて部屋を出た。

団長は、通常であれば仕事に関しては鬼のように厳しい。

だが、今回の件に関しては、かなりの温情をかけてくれたことは、理解できた。

きっと、仕事を終わった途端に、必死なリカルドに手伝ってほしいと頼み込まれた先輩あたりから、あれをした事情を聞いているのだ。

「リカルド……大丈夫だったのか？」

身体の大きな同期のエディが、団長室を出た途端に立ち止まったリカルドを見て心配そうに声をかけた。

もしかしたら、怒った団長から、よっぽどのことを言われたのかもと思っているのかもしれない。

（それだけのことを、仕出かした自覚はあるからな……）

リカルドは、苦笑して首を横に振った。

「いや……すまない。団長からは、当たり前のお叱りを受けただけだ。またいつもの、主犯の俺と同期の連帯責任だ。仕事帰りに、何か奢るよ」

竜騎士団の伝統で、誰かが何かを仕出かせば、その同期は漏れなく連帯責任だ。

竜騎士になった段階で、既に一〇年ほどの月日を常に共にしている同期との関係性は血の繋がった兄弟とも似ていた。喧嘩したとしても、すぐに仲直りする。

エディは仕方なさそうに、ため息をついてから、にやっと不敵に微笑んだ。

「なんか、聞くとこによると、お前の彼女凄い可愛いらしいじゃん。会いたいわー……なんで俺、あの時いなかったんだろ……」

「エディは、遠征帰りで爆睡《ばくすい》してただろ。俺が面白いから早く来いってスティーヴに言っても、あいつは呼びかけても全然起きなかったって言ってたぞ……リカルド、俺もお前の彼女会いたいんだけど！　他の全員が彼女いない時に、今までずっといなかったお前にできる奇跡なんて……何かの、予兆かな……？」

ナイジェルは揶揄うようにしてそう言えば、彼の後ろから来た眼鏡をかけたレオは肩を竦めた。

「それは、関係ないだろ。それに、リカルドだって、別に彼女がいなかった訳じゃない。今までは、ずっと婚約者がいただろ。あの、パーマー家の美女。こうなれば結局、彼女は恋仲という噂のジャック・ロイドと結婚するんだろうな」

「リカルドの彼女、俺もガヴェアにまで救出に行った時に一瞬だけ見た。けど、こいつ、すぐに彼女を抱きかかえて家に帰ったから、全然、どんな子か見られなかった。なあ？　ブレンダン」

いつの間にか近くに来ていたゴトフリーは、楽しそうに横にいたブレンダンを肘で突いた。

「うん。僕はリカルドの家に行った時に何度か見たけど、スイレンちゃんは確かに可愛いよ。あと、僕が仕事を紹介して、実家で働いているからね。何度か会ってる」

ブレンダンがそう言って、他の全員がおおっと驚きの声を合わせた。

「えー！　それは、絶対に一度会いたい。俺もリカルドの家、行っていい？」

「ダメだ」

結局全員が集まってきた同期に、リカルドは眉を顰めつつ言った。

(ブレンダンだけでも厄介なのに、全員今は彼女いないからな……スイレンに目を付けられたら、またややこしいことになる)

スイレンは、可愛い。

それは、イジェマと婚約していたリカルドにとってもそうだし、可愛い女の子を見慣れているはずの竜騎士の同期全員にとっても同じことだった。

「えー！　酷い。リカルドが差別した！　ブレンダンだけは、いいのに！　俺だって見たい！」

お調子者のエディが大袈裟《おおげさ》にショックを受けた様子になったので、冷静なレオが取り成すようにして言った。

「まあまあ……付き合ったばかりだし、可愛い彼女を誰にも取られたくないから、隠したい気持ちは僕にも理解できるよ。もう少し経って付き合いが落ち着いたら、皆で彼女に挨拶に行けばいい。どうせ結婚式では、絶対に見ることになるんだから」

竜騎士団の伝統で、誰かの結婚式には、その時の勤番以外は全員出席だ。

リカルドはデュマース家の当主でもあるから家の体面もあり、望まなくても盛大な結婚式をするしかない。

（控えめなスイレンは、派手なことを嫌がるかもしれないな……俺も別にそういう意味で式がしたい訳でもないんだが……）

リカルドだってスイレンと、結婚はしたい。

だが、何度か列席者として出席したことのある結婚式と言われるものに、リカルドは夢を持ってはいなかった。

できれば、出席者血縁と同期くらいの小さな規模での結婚式で構わないのにと、リカルドはため息をついた。

「おいおい。そこの、ひよこ共。お前ら、今が仕事中なのを忘れてないか？」

「はいっ……副団長、すみません」

団長のキースに用があった様子の副団長のアイザックに団長室の前で通行の邪魔をするなと呆れたように怒られて、全員で声を合わせて謝った。

書き下ろしストーリー1　出撃前の竜たち

ワーウィック（リカルド）
クライヴ（ブレンダン）
アレック（ゴトフリー）
パトリック（ナイジェル）
グレイヴ（レオ）
スティーヴ（エディ）

の竜です。

パ（リカルドに!!　彼女ができたって、本当!?　本当なの!?）
ア（え。なんだ。知らなかったの、パトリック。あ。あの大捜索の時、いなかったよね）
グ（そうだよ。パトリックは、あの時に偵察に行ってたから、知らないんだろ。俺たち

は彼女を必死で捜し回っていたから、もちろん。色々知ってるけど）
パ（知らないよー！　リカルドは、あの美女は捨てたの？　逆に、捨てられたの？　なんで、皆知ってるの？）
グ（なんでって、そりゃ俺はあの子の映像を見てから捜し回ったからだ。あと、見つかった時に俺たち、リカルドと彼女の周りに集合したし。お前、今それだと、情報遅いよ）
いなくなったスイレンを大捜索した時、彼女の容姿がわからなければ捜しようがないので、捜索に参加した竜は全員、あの時にワーウィックから彼女の映像をもらっていたのだ。
ア（確かに、ワーウィックから送られた映像通りだったよね。僕も多少は美化してるんじゃないかって、そう思ってだけど）
パ（リカルドって、こんな子が好きだったんだねー……有名な美女の婚約者とは上手くいってない話は有名だったけど、全然タイプが違うじゃん）
ス（気の強そうな、美女だったもんな。この彼女は可愛いし、性格も大人しそうだった。二人は正反対だ）
スイレンと元婚約者のイジェマを評してそう言ったスティーヴは、今自分とパトリックと共に送られてきたスイレンの映像に頷いた。
パ（六人の中では、リカルドが一番先に結婚するかもね。こういう時は一番しなさそうなのが、大抵最初に結婚したりするんだよ）

何故か黙ったままのお喋りな性格のワーウィックを何度か頷きつつ見たパトリックは、この話には乗ってくれないのかとつまらなそうにして首を傾げた。
ス（おい。でも、ゴトフリーだって、彼女できそうなんだろ？　な。アレック）
ア（……うん。この前、その子とデートしてたよ。僕も一緒に行ってきた）
パ（へー……上手くいくといいな。なんで、竜騎士なのに、振られるのかな。あいつらお金だって持っているし、性格だっていいのにな。竜騎士って、人間の女の子はあまり好きじゃないのかな）
グ（おい。それ。皆の前では、絶対に言うなよ。パトリック。リカルド以外、全員振られてるんだから。傷口に塩を塗るような、真似をするな）
お調子者のパトリックを窘《たしな》めるようにして、この中では最年長で叱る係のグレイヴは難しい顔をして唸った。
パ（……え？　けどブレンダンは、振られたりすることないだろ。なあ？　クライヴ）
ク（僕は、何も言わない）
女性羨望の竜騎士団でも人気の男が振られることはないだろうと言ったパトリックの疑問をサラッと躱したクライヴは、立ち上がって大きな羽根を拡《ひろ》げた。紺色の翼膜がピンと張って、四角い出入口から差し込む明るい光に透き通った。
ワ（……パトリック。そろそろ、いい加減にしてよ。リカルドとブレンダンは、今微妙じゃあ、リカルドが、選ばれたってことか!!)
パ（え。リカルドに彼女ができて、ブレンダンが最近振られたってことは……えっ……な関係なんだ）
エスワク（（パトリック））
無言で苦笑したアレックと呆れ顔になったグレイヴ以外の全員に名前を呼ばれたパトリックは、有り得ない展開を知り竜舎の中にいる竜全員に響き渡るような大声を出してしまったことに気がつき、照れ笑いをした。
小さな区画に集まっている六匹に興味津々の視線が集まり、これ以上は言葉が続かないようだと、やがて興味は散っていった。
パ（ごめんごめん。うわ。リカルドとブレンダンの二人が、そんな楽しいことになってたんだ。俺もそんな劇的な場面、見たかったー……んで、クライヴは、なんでこんなに機嫌悪いの？）
グ（自分が気に入って契約を与えた竜騎士が傷付いているのに、機嫌いい訳ないだろ。いい加減にしろ。パトリック。お前だって、ナイジェルが彼女と別れた時は心配そうにしてたくせに）
厳《いか》めしい顔付きで浅慮なことを仕出かしたパトリックを叱ったグレイヴは、大きな口を開いて息をついた。

パ（ああ……ごめん。悪かったよ。クライヴ。人の恋愛を面白がって、ごめん）
しゅんとした様子で謝ったパトリックを見て、立ち上がっていたクライヴはしなやかな身のこなしで座った。
ク（別にいいよ……確かに、面白い展開ではあるかもね。酷く傷付いた男の嘆きが、ちょっと油断すると聞こえてこない連中には、きっと面白いだろうと思うよ）
クライヴが何を言いたいかを察して、竜たちは目配せをし合った。
ワ（クライヴ。それ以上はもう、ここで言わない方がいい。そろそろ、僕たちも出撃の準備だ）
竜騎士団の団長の竜、雷竜セドリックが竜騎士団の竜たちにこれからの出撃準備の通達のため竜舎中央に舞い上がったのを確認したワーウィックは、伏せていた体勢からゆらりと立ち上がった。

書き下ろしストーリー2　妹クラリスの言い分

「お兄様。おかえりなさい！　……もうっ、何処にいたの？」

すっかり元気になり走ってきた妹クラリスの声を聞いて、デュマース邸の廊下を歩いていたリカルドは振り返った。

「何処って……俺は仕事だ。クラリス、もう寝てなくて本当に大丈夫なのか？」

ついこの間までベッドの上で生活していた妹は、あっけらかんとした様子で片手を振って軽く頷いた。

「ええ。スイレンのおかげで、もうすっかりこの通りよ！　ねえ。お兄様、あの女と婚約解消するんでしょう？　なんで私にそれを相談してくれなかったの？」

以前からクラリスは、兄の婚約者について常々不満を言っていたから、イジェマと婚約解消することができたと聞いて晴れやかな笑顔を見せ本当に嬉しそうだ。

「体調を悪くして病床にある妹に、そんな面倒な相談を持ちかけるなんて、普通はできないだろう……お前、本当に大丈夫なのか？」

「大丈夫よ。お兄様だって、竜騎士で常に危険と隣り合わせなのよ。私なんて、ただ呼吸がし難かっただけだから」

心配性の兄と共に歩きながら、クラリスは自分だって危険な戦闘職の竜騎士な癖にと肩を竦めた。

「俺は戦闘では死ぬつもりはないが、運が悪いとそういうことだってあるかもしれないな。だが、戦場でなくても、運が悪ければ死ぬ。それは、誰しも同じことなんじゃないか」

「……お兄様って、どこからその自信は湧いてくるの？　戦場で日常生活と同じくらいの死の確率なんて、どう考えておかしいんだからね」

今、リカルドは周辺国でも有名な英雄と呼ばれる竜騎士ではあるが、クラリスは兄がどの程度強いのかを実際には見ていないため、戦闘職にあるというのに余裕綽々な様子が良く理解できないようだ。

「どうだろうな。今まで戦場では、誰を前にしても負ける気はしなかった」

「ああ。そうね。竜が墜ちるまでは？　お兄様の竜……ワーウィックだった？　あの火竜は、もう大丈夫なの？　元気にしているの？」

妹のクラリスは、リカルドが契約を交わした竜を遠目からしか見たことはない。兄が竜騎士になってから新人のうちに体調を崩し、ベッドで寝たきりになっていたからだ。

「元気だ。今では、人化することもできる……本当にうるさい」

簡潔にワーウィックの近況を伝えたリカルドに、妹は変な顔をしてから頷いた。

「……ねえ。お兄様。ブレンダン・ガーディナーがスイレンを気に入ったみたいなのよ。私、心配だわ。あの男が純粋なスイレンを手折ってしまうなんて、ほんの少し指を動かせば良いだけじゃない！」

クラリスはそう言って、隣を歩いていた兄のリカルドの腕を取った。この妹は今は亡き母に良く似ていて甘え上手で、兄の代わりに領地経営をも器用にこなしてしまえるしっかり者だ。

もし、兄リカルドが何かあったとしても、一人で生きていけるだろう。そういった意味でリカルドは逞しい妹には、絶対の信頼を置いていた。だからこそ、リカルドは正反対の性格のスイレンが気になってしまったのかもしれない。片時も目を離せないような儚げな雰囲気を持ちながら、芯が通っていて自立しようと努力している。そういう彼女が、常に気になって仕方ないのだ。

「おい。お前の中で……ブレンダンは、どういう立ち位置なんだ」

「女の敵よ！　デートして甘い言葉を重ね思わせぶりなのに、私とは付き合ってもらえないと泣いている女の子が、王都に何百人いると思っているの！」

「それは、流石に言い過ぎだろ。ブレンダンは多忙な竜騎士で、少ない休日に毎回デートしても、数がとても追いつかないじゃないか。それに、俺があいつが女の子に誘われているのを見たことがあるが、あいつの方から誘ったのを見たことがない。だから、あいつがデートしているなら、女性側の希望なんだろう」

ヴェリエフェンディでの竜騎士を育成する騎士学校は、普通の騎士学校とは違う。幼い頃から切磋琢磨し、幾度となく厳しい篩にかけられ、ほんの一握りだけが竜騎士になることができるのだ。

リカルドは幼い頃から良く知っているブレンダンに何人か付き合った女の子がいることは知っているが、黙っていても向こうから声を掛けられることが通常な彼が、敢えて女の子を傷つけようとしたところを見たことがなかった。

「……え。じゃあ、スイレンがあの男が誘った……初めての女の子ってこと？　やだ。本気ってこと？」

クラリスは兄の友人に関する詳しい事情なんて知る訳もないので、片手で手を押さえて呆然として聞いていた。

「ということにはなるが、スイレンには既に俺がいるし……もうすぐ婚約するから、あいつにはどうしようもないだろう」

イジェマとの婚約も解消すれば、特段スイレンとの婚約を阻む者もいまい。

ただ貴族院に婚約の書類を提出する際、スイレンの母国ガヴェアへと正式な出生の書類を取りに行かなければならないが、次の休暇に入れれば、リカルドはそうしようと決めていた。

「お兄様って、なんでそんなにも危機感がないの？　口だって上手くないくせに、余裕ぶっちゃって。相手は、ブレンダン・ガーディナーなのよ？　お兄様」

子どもの頃のように無遠慮に腕を引っ張る妹に、リカルドは仕方ないという表情をしながらも振り払わなかった。

「お前、ブレンダンと何かあったのか？」

それほどまでに自分の同僚を嫌っている理由がいまいち理解出来なかったリカルドは、ブレンダンがクラリスと接触する機会などそうはなかったはずだと過去の記憶を思い返していた。

「お兄様だって、そこらへんじゅうで溢れているあの男の噂を聞いたら、スイレンを一時でもあの男の実家になど置いておかないでしょうね」

ガーディナー商会で働きたいと言い出したスイレンに、自分が養うのだから何もせずに家にいろと、彼女の気持ちも考えずに高圧的に言ってしまった自分を思い出したリカルドは思わず顔を顰めた。

「おい。人を噂話で判断するな。それに、あいつは女の子から異常に好かれてはいるが、その分困ったことも人一倍多い。その理由で毛嫌いするなら、俺だって長年婚約していた貴族の婚約者とは婚約解消して平民の女の子に走った誠意のない男だが？」

リカルドとしては本人同士が前々から婚約解消したがっていたし、結婚する気もなかった。お互いに相手がいるのだから、外野の誰かに何を言われようがそうしたかったから良いのだが、口さがない連中は好き勝手に想像して無責任に話を作るはずだ。

「……イジェマがあの男に惚れ込んでいるのは、今や有名だもの。お兄様が悪く言われるはずがないわ。お互い様じゃない」

「なら、ブレンダンのことだって、それと同じだろう」

女の敵だと思われるようなことをしたと言うなら、自分の兄も同罪だと言いたいリカルドに、クラリスは口を尖らせた。

「もうっ……お兄様。あの男は女性に好かれる香りでも放っているのではないかしら……？いくら有名な竜騎士で姿形が良くて、口が少々上手くて……大きな商会の跡取り息子でも……」

クラリスはブレンダンを評している内に、彼が若い女の子に好かれない方がおかしい境遇にあることに気がついたのか、徐々に声が小さくなっていった。

「お前は、別に好きじゃないんだろ？」

ならば、ブレンダンもすべての女の子が好きな訳でもないんだろうと、リカルドは言いたげだった。

「当然でしょう。私はお兄様を見慣れているから、彼を見てもどうということもないわ」

財力のある高位貴族に産まれ、何をせずとも楽な生活が保障されているというのに、憧れだからという理由で厳しい訓練をくぐり抜け、見事竜騎士となれた兄のことが幼い頃より大好きな妹は、自分の兄が国一番に良い男だと疑ってもいない。

「……スイレンは、どうだろうな」

眉を寄せてそう言ったリカルドに、ようやく危機感を持ってくれたかと、クラリスは頷いた。

「どうかしら。スイレンはブレンダン・ガーディナーのことを全く相手にしていなかったけど、あの男にとってはそういう女の子も新鮮なのではないかしら？」

つまり、今までになく自分が好意的に接しているのに、自分に全く興味のない女の子に興味を惹かれているのではないかとクラリスは言いたいらしい。

「では……俺はどうすれば良いんだ」

「だから、早く婚約したら良いの！　あまり時間を掛けると、より面倒になるわよ」

これまでに名前の出ていない別の誰かのことを匂わせた妹の言動に、リカルドは大きくため息をついた。

「……既に担当が組まれ決められた仕事を、放棄する訳にもいかない。次の休暇には追加休みを申請して、ガヴェアへ行ってくるよ」

久しぶりに邸に帰ってきた兄に、早急にことを進めることを約束させることに成功したクラリスは満足そうに笑った。

「お兄様って、本当に危機感ないのよね。敵国で見世物のように檻の中に入れられていた時にも、もしかしたら死ぬかもしれないとか思わなかったの？」

檻の中にいた時には、時折鉄格子越しに可愛い天使が現れたから別に平気だったと言いかけて、言葉を飲み込んだ。近しい身内に惚気そうになっていた自分に気がついたリカルドは、恥ずかしくなりさりげなく妹の手を離した。

「……もう、わかったから。お前ももういつまでも、俺のことを全部は気にしなくて良いから」

イジェマとは結婚してほしくないと言っていた妹は、今度は早くスイレンと結婚しろと言ってきた。

あまり邸へは帰らないリカルドも離れて暮らす妹のことは可愛いと思っているが、自分の結婚相手にまでは口出ししてほしくない思いはあった。

「そんなこと言って……スイレンに貴族の礼儀教えるのは誰なの？　社交界へと連れて行って、親交のある貴族に紹介するのは？　お兄様と結婚すれば、デュマース家の女主人になるのよ」

「わかった……わかったから。もう、お前の言うとおりにするから」

この妹に敵う訳もないと、リカルドは反論を諦めて廊下の先へと足を進めた。

「はっ……くしゅん！」

「え。スイレン大丈夫？　くしゃみ？」

スイレンは先ほど花魔法で咲かせた花を、居間にある大きな花瓶に生けていた。彼女の唐突なくしゃみに、後ろでソファに座りくつろいでいたワーウィックは驚いたように言った。

「ありがとう。ワーウィック。大丈夫です。花粉でしょうか……なんだか、鼻がむずむずして……」

指で鼻をこすったスイレンに、ワーウィックは不思議そうに首を傾げた。

「え？　あ。そうか、人間って鼻がむずむずしたら、くしゃみをするんだね。僕は虫が鼻のところをうろうろしていたら、そういう気持ちになるよ」

幼い少年の姿をしているが美しい深紅の鱗を持つ竜であるワーウィックに、微笑ましい光景を想像したスイレンは思わず笑顔になって頷いた。

「そういう時って、ワーウィックはどうするんですか？」

「僕は一生懸命に、首を振ったりするよ……けど、逆にまとわりついちゃうこともあってさ」

うんざりしたワーウィックに微笑んだスイレンは、玄関から誰かが入って来て、目を輝かせた。


ひとりぼっちの花娘は檻の中の竜騎士に恋願う／了

MAG Garden NOVELS

ひとりぼっちの花娘は
檻の中の竜騎士に恋願う

発行日　2023年10月25日 初版発行

著者 待鳥園子　イラスト 八美☆わん

発行人　保坂嘉弘
発行所　株式会社マッグガーデン
〒102-8019 東京都千代田区五番町6-2
ホーマットホライゾンビル5F
編集 TEL：03-3515-3872　FAX：03-3262-5557
営業 TEL：03-3515-3871　FAX：03-3262-3436
印刷所　株式会社広済堂ネクスト
担当編集　須田房子（シュガーフォックス）
装　幀　木村慎二郎（BRiDGE）＋矢部政人

本書は、「小説家になろう」（https://syosetu.com/）作品に、加筆と修正を入れて書籍化したものです。

ISBN978-4-8000-1366-8 C0093　Printed in Japan

著者へのファンレター・感想等は〒102-8019（株）マッグガーデン気付
「待鳥園子先生」係、「八美☆わん先生」係までお送りください。
本作品はフィクションです。実在の人物・団体・事件等には一切関係ありません。